Angelina JARC

# Die Welt mit anderen Augen

novum ⬛ pro

Dieses Buch ist auch als
# e-book
## erhältlich.

www.novumverlag.com

Bibliografische Information
der Deutschen Nationalbibliothek:

Die Deutsche Nationalbibliothek
verzeichnet diese Publikation in
der Deutschen Nationalbibliografie.
Detaillierte bibliografische Daten
sind im Internet über
http://www.d-nb.de abrufbar.

Gedruckt in der Europäischen Union
auf umweltfreundlichem, chlor- und
säurefrei gebleichtem Papier.

© 2024 novum Verlag

ISBN 978-3-99146-820-2
Lektorat: Lektorat KL
Umschlagabbildung: Angelina Jarc
Umschlaggestaltung, Layout & Satz:
novum Verlag

**www.novumverlag.com**

Druckprodukt mit finanziellem
**Klimabeitrag**
ClimatePartner.com/16547-2311-1001

Für Frau H. Leithner
Danke, dass Sie immer an mich geglaubt haben!

# Inhaltsverzeichnis

# Kapitel 1

## Ophelia

»1... 2... 3... atmen. 4... 5... 6... weitermachen.«

Vor nicht einmal einer Minute war ganz Oklahoma auf der Suche nach Abkühlung. Eiscreme oder ins Freibad zu gehen, scheint an solch heißen Sommertagen angemessen. Doch nun suchen all jene ohne Regenschirm Unterschlupf. Die Wassertropfen haben die ganze Stadt in wenigen Sekunden abgekühlt. Sie fallen ohne Rücksicht auf uns herab. Prasseln auf die Dächer, versickern in der Erde.

Nur ich gehe in normalem Tempo über den Gehsteig, ohne meine Klamotten, welche immer mehr Nässe aufsaugen, zu beachten. Lediglich meine Kopfschmerzen scheinen relevant zu sein. Noch nie hatte mir ein solch unerwarteter Wetterumschwung Schmerzen erspart, dennoch wirken sie nach jedem Mal schlimmer als zuvor. Wie betäubt folge ich dem Verlauf der Straße, welcher direkt vor meiner kleinen Wohnung endet. Sie ist nichts Besonderes. Doch für eine Studentin ohne WG und großartig viel Geld ist sie mehr als nur ein guter Fang. Nach vier Versuchen schaffe ich es, mit meinen zittrigen Händen den Schlüssel in das Schlüsselloch einzuführen. Achtlos werfe ich meine Umhängetasche in die erste gelegene Ecke, um zu meinen Medikamenten zu kommen. *Schnell. Aspirin, irgendeine Schmerztablette, bitte*, sind die einzigen Worte, die in meinem Kopf herumschwirren. Nach meinem Fund drücke ich die Tablette durch die Alufolie und schlucke sie mit etwas Wasser hinunter. Jetzt heißt es warten. Noch immer dreht sich alles. Doch die einzelnen Konturen meiner Wohnung werden wieder erkennbar. Das eine große Zimmer bestehend aus Küche und Wohnzimmer, welches eher als Schlafzimmer dient. Die Türe zu dem anschließenden Badezimmer. Alles sehr, sehr klein, aber ein sehr, sehr schöner Ausblick. Eine riesige Fensterscheibe erstreckt sich direkt hinter dem Sofa. Und hinter dem Glas verbirgt sich das wunderschöne Oklahoma. Mehrere Hochhäuser, viele bunte Lichter, die das komplette Gegenteil von dem Ort an dem ich aufgewachsen bin, sind. Mein wirkliches Zuhause ist am Land. Als die nächtlichen Lichter nur der Mond und die Sterne waren. Ich allein in der Dunkelheit mit dem Universum. Und nun heißt es: Ich allein gegen den Rest der Welt. So fühlt es sich zumindest an. Als wäre niemand für mich da. Als wäre ich dazu bestimmt, allein zu bleiben. Die Leute sehen mich, sehen aber durch mich hindurch. Ich allein gegen diese Stadt. Die ganze Stadt gemeinsam gegen mich. Der einzige für mich bestimmte Ort ist diese Wohnung. Sie ist jetzt mein Zuhause. Schade, dass sie in einer Stadt ist, die nie mein Zuhause sein wird. Ebenfalls schade, dass diese Stadt nie mein Zuhause werden kann, weil sie in einem Leben existiert, das keinen Sinn mehr hat. Wir reden von zuhause, ohne zu wissen, was zuhause ist. Ist es die Umgebung? Das heimelige Gefühl? Denn dieses Gefühl hatte ich seit Ewigkeiten nicht mehr. Die Hoffnung, die mich hierbehält, ist die Hoffnung, einen Sinn zu finden. Vielleicht braucht es die richtigen Leute dafür. Leute, die mich verstehen und mir Wärme geben. Leute, die ich seit einem Jahr nicht gefunden habe. Vielleicht sind meine Ansichten aber kompletter Schwachsinn oder naiv. Möglicherweise ist Naivität auch gut, wenn sie mich am Leben hält.

Was ist eigentlich der Unterschied zwischen Hoffnung und Naivität? Ähnliche Wörter wären Zuversicht und Optimismus. Beide Wörter würde ich in die Spalte naiv geben. Hoffnung erklärt sich in meinem Kopf mit Anzeichen. Es wird Zeichen geben, wenn Hoffnung existiert. Und das wiederum bringt mich dazu, es als naiv zu sehen. Ich weiß nicht, was ich denken, fühlen, glauben oder tun soll. Das Studium beenden? Klar. Ich fürchte nur, ich werde es nicht beenden können, wenn ich keine Kraft mehr habe.

Noch ist Spätsommer. Denn wer weiß, wie schnell es geht, bis der Winter sich über diese Stadt gelegt hat. Bis die bunten

Felder am Land zu einem einheitlichen Weiß mit der restlichen Landschaft werden, was uns alle in eine trübe Stimmung versetzt. Nicht nur einmal hatte der Winter den Herbst übergangen. Mehr Kälte und weniger Wärme. Wobei Wärme das Einzige ist, was mir Kraft geben kann. Damals hatte ich diese Stimme in meinem Kopf. Sie flüsterte mir aufmunternde Geschichten ins Ohr und machte mein gesamtes Leben einfacher. Falls mir mal die Luft ausging, brauchte er nur »1... 2... 3... atmen. 4... 5... 6... weitermachen« sagen und schon konnte ich weitermachen. Eine geheimnisvolle Stimme, die als Illusion erschien und es mit diesem rauen Ton geschafft hat, dass ich mich fallen lasse mit der Zuversicht, dass sie mich immer wieder auffangen wird. Ein Vertrauen zu einer Stimme ohne Gesicht. Vertrauen zu einer Illusion. Dann wurde ich erwachsen und ein ewiger Schauer der Traurigkeit legte sich über meine Welt. Sicherlich gibt es auch schöne Momente, die mir ein Lächeln entlocken. Positive Gedanken, die mir Mut zusprechen, dass ich es so weit geschafft habe. Doch das sind nur einzelne Funken, die niemals ausreichend Wärme erzeugen.

\*\*\*

Ich finde mich auf meiner Couch eingehüllt in einer kuscheligen Decke wieder. Daumen und Zeigefinger lege ich an meinen Nasenrücken, um ihn zu massieren. Immer noch prasselt der Regen auf das Dach. Mit geschlossenen Augen nehme ich all die Geräusche um mich herum noch deutlicher wahr als sonst. Der Regen über mir, die Autos unter mir. Selbst die beschädigte Waschmaschine aus dem Keller dringt in fast unmerklichen Tönen in den sechsten Stock. Das Gelächter des Besuchs meines Nachbarn. Das Weinen des Kindes unter mir. Die lauten Gespräche des älteren Paars direkt neben dem Kind. Alle Töne vermischen sich zu eins und machen Platz für den Donner, der alle zum Schweigen bringt. Bis auf das Plätschern, wenn die Autos durch die Pfützen fahren, ist alles still für einen Moment.

Gleich darauf widmen sich die Leute in diesem Gebäude wieder sich gegenseitig. Ich konzentriere mich auf das Brummen der Waschmaschine, den Streit des Paares, die Verabschiedung des Besuchs, auf das mittlerweile nur noch unregelmäßige Schluchzen des Kindes und auch auf das Zählen der Abstände zwischen Blitz und Donner. Das Gewitter ist noch ziemlich weit weg. Mit großer Wahrscheinlichkeit wird es Oklahoma nur streifen. Wenn überhaupt. So ist es bisher immer gewesen. Seit geraumer Zeit wüten keine Tornados mehr in dieser Stadt.

Die Straße vor meiner Wohnung ist ungewöhnlich leise. Nur eine Person in schwarzer regengetränkter Jacke lungert auf dem Gehsteig herum, als wäre strahlender Sonnenschein. Er sieht in den Himmel, als würde er dort etwas suchen. Eine Viertelstunde steht er da, sieht in die Gegend und dann wieder in die Wolken.

»Wer bist du?«, huscht es mir über die Lippen. Als hätte er es gehört, blickt er direkt zu mir hinauf. Vermutlich sieht er von diesem Winkel nichts als Schwarz, dennoch lasse ich mich erschrocken auf die Couch zurückfallen und lande dabei auf der Kante, sodass es mich auf den Boden schmeißt. Ich stöhne wehleidig auf und reibe mir über die angeschlagene Stelle auf der Schulter, um erneut hastig aufzustehen. Zu gern hätte ich sein Gesicht gesehen. Doch aus der Ferne erkennt man gerade noch so die groben Umrisse von Jacke, Kopf und Beine. Kleine Details sind nur unerkennbare Flecken. Selbst wenn ich den Mut gehabt hätte, mit ihm zu reden, wäre nur unverständliches Gestotter herausgekommen. Ich blicke bis zum nächsten Donner auf dieselbe Stelle, an der er gestanden hat. Und wieder frage ich mich: *Wer bist du?* Niemand, der hier in dieser Stadt aufgewachsen ist, nimmt sich die Zeit, um in den Himmel zu sehen. Niemand hier ist so nachdenklich, dass er oder sie im Regen auf der Straße stehen bleibt. *Wer bist du? Was ist deine Geschichte?*

# Kapitel 2

## Ophelia

### 6:00 Uhr

Schlaftrunken wandere ich durch die Stadt mit einem Teebecher in der Hand, um mir die Finger zu wärmen. Der Regen hat nun offiziell die Hitzewelle beendet. Willkommen inoffizieller Herbst. Wenn die Blätter sich verfärben und die Erntezeit da ist. Wenn die Tage sich verkürzen und die Kälte zurückkehrt. Gähnend betrete ich den kleinen Coffeeshop zwei Ecken weiter von meiner Wohnung entfernt, in welchem ich seit 6 Monaten arbeite. Für gewöhnlich hole ich mir hier meine morgendliche heiße Schokolade. Da ich heute jedoch mehr Lust auf eine Früchte–Kräutertee–Mischung habe und wir diesen nicht verkaufen, muss ich ihn mir eben selber machen. Der Duft nach Kakaobohnen und frischem Cappuccino strömt mir entgegen, sobald die kleine Glocke oberhalb der Eingangstür auf mein Erscheinen aufmerksam macht. Nur einzelne Leute, die sich vor der Arbeit noch einen Kaffee abholen, sind um diese Uhrzeit hier. Es gibt nicht allzu viele Frühaufsteher in dieser Stadt. Den letzten Schluck von dem warmen Tee und schon verschwinde ich hinter der Theke, um die Frühaufsteher zu bedienen.

»Guten Morgen, Jerry. Einen Latte macchiato mit laktosefreier Milch?«, frage ich während der Zubereitung. Sein zustimmendes Nicken nehme ich erst wahr, als der Latte bereits fertig ist.

»Danke, Ophelia!«, lächelt er mir wie jeden Tag zu, als er mir ein paar Scheine zu viel Trinkgeld hinterlässt. Stammkunden, Touristen, Arbeiter und Feinschmecker, die jeden Kaffee in der Stadt probieren, bediene ich meistens so bis um 8:00 Uhr. Danach muss ich nur noch Bestellungen aufnehmen und kassieren. Zu Mittag ist dann eher weniger los, sodass ich mir schnell etwas zu essen holen kann, bevor ich in die Universität muss.

Erst abends verwandelt sich der gemütliche Coffeeshop mit dem warmen Licht und den gemütlichen Holzfarben in eine Disko. Der obere Teil wird abgesperrt, dafür werden Bühne und Bar im Keller eröffnet. Gemütliche Sessel, Barhocker und eine Tanzfläche befinden sich dort. Außerdem noch Billardtische und Weiteres häufen sich unten im Keller. Nicht zu vergessen die riesigen Lautsprecher, die ich einmal in der Woche ertragen muss.

»Bis am Abend, Cherry! Ich gehe jetzt in die Universität!«, verabschiede ich mich von meiner Chefin.

»Danke für die Hilfe!«

Schon hänge ich meine Schürze auf den Haken, schnappe meine Tasche, den mittlerweile kalten Tee und mache mich auf den Weg zur Straßenbahn.

Bevor ich den Saal zu der Vorlesung betrete, muss ich wie immer noch einmal tief durchatmen, um nicht wieder kehrtzumachen. Jedes Mal wenn ich vor dieser Tür stehe, sehe ich, wie ich hineingehe und alle Blicke nur auf mir liegen. Meine Füße scheinen bei jedem Schritt nur ein Hindernis darzustellen, doch wenn ich wirklich reingehe, ist nichts davon der Fall. Der Dozent bereitet sich noch vor, während der Rest vertieft ins Handy starrt. Der Hörsaal wirkt nicht recht voll. Vorsichtig setzte ich mich in die 7. Reihe von unten. Erst in den letzten Minuten strömen die Massen an. Die meisten Reihen sind voll, andere komplett leer. Ich sitze immer noch allein in einer Reihe. Zwischenzeitlich haben die anderen einzelne Grüppchen gebildet. Dass dieser Schwachsinn mit den Gruppen immer noch kein Ende genommen hat! Die beliebte Gruppe, die kindliche Gruppe und die Einzelgängerin. Oder auch Außenseiterin. In diesem Fall bin das dann wohl ich. Diese Tatsache nimmt mich so mit, dass ich noch nicht einmal den Beginn der Stunde bemerke. Erst als alle sich von ihren Plätzen erheben und in einem Schwall durch die große Tür hinausgehen, erwache ich aus meiner Trance. Der Dozent sowie die meisten Studenten sind bereits verschwunden. Nur ein Mädchen sitzt auf einem der Stühle und tippt ihre letzten Mitschriften auf ihren Laptop, bevor sie mich überholt und zu ihren Freuden eilt. Ich blicke ein letztes Mal in den Raum, bevor ich die Tür schließe. Vier kahle Wände, welche in diesem grellen Licht blenden. Bei dieser Beschreibung belasse ich es.

Mit der Straßenbahn fahre ich zurück zu der Haltestelle vor dem Café, um von dort aus nach Hause zu gehen und meine erste Pause zu machen. Eine Packung Fertignudeln sollte als Mittagessen genügen. Der heiße Duft von einer Tomaten-Mozzarella-Sauce quillt mir entgegen. Gemeinsam mit dem Essen mache ich es mir auf der Couch bequem. Eine Decke um meinen Schultern und die warme Nudelverpackung in meinen Händen halten mich fürs Erste warm. Allerdings muss ich in einer halben Stunde bereits wieder im Coffeeshop sein. Um genau 17:00 Uhr wird das Café geschlossen. Dafür werden im Keller die Stühle von den Tischen genommen und die Bar hergerichtet. Wenn es nach mir ginge, würde ich lediglich bis 20:00 Uhr bleiben,, doch genau hier braucht Cherry mich. Wenn die ersten Betrunkenen ihren Verstand verloren haben. Zu dem Zeitpunkt, wenn der Bass der Lautsprecher mein Gehirn um 180 Grad dreht. Und das immer und immer wieder, bis es weh tut. Ich streife mir die Arbeitsuniform über, welche nicht mehr als ein kurzes schwarzes Kleid ist, an welches ein durchsichtiger ebenfalls schwarzer Stoff drangenäht wurde. Für meinen Geschmack ist es als Arbeitsklamotte mehr als übertrieben. Über das Kleid ziehe ich meine lange Pufferjacke. Vorgegebenermaßen muss ich dazu die schwarzen High Heels anziehen. Ich war schon immer eines dieser Mädchen, die nur mit Boots und geschlossener Weste herumgegangen sind. Absätze sind für mich ein Tabu. Dennoch stehe ich hier, um in einer Bar mit High Heels und engem Kleid zu arbeiten.

Bevor ich hinuntergehe, lasse ich noch eine Blisterpackung Schmerztabletten, in die eine Jackentasche gleiten. In die andere folgen Handy sowie meine Schlüssel. Den ganzen Weg lang reibe ich mit meiner Fingerkuppe nervös an der Kante der Blister. Die andere Hand klimpert in der Tasche mit den Schlüsseln.

Ungefähr um 18:00 Uhr kommen die ersten Gäste. Anfangs macht es sogar Spaß, Drinks zu mischen und diese mit kleinen

Schirmchen zu servieren. Es ist alles locker. Nur ein paar Grüppchen, die abends etwas trinken wollen. Ganz gemütlich. Doch dann setzt dieser nervige Bass ein. Schon wird die Atmosphäre von „Ich lasse gemütlich meinen Abend ausklingen" zu „Ich feier, bis ich tot umfalle". Anscheinend ist das genau das, was die Leute wollen. Mit der Zeit versammeln sich immer mehr Menschenmengen hier unten. In dem bunten Licht schreien, tanzen und lachen die Leute. Sie gehen mit ihren Drinks auf die Tanzfläche, um sie dort zu verschütten und sich gleich darauf neue zu holen. Es ist immer wieder erschreckend, dass der Alkohol Menschen zu unzivilisierten Monstern mutieren lässt. Wobei es so scheint, als würde der Alkohol lediglich unsere wahre Identität hervorlocken. Denn ein kleines Monster steckt irgendwie in uns allen. Obwohl es mir in diesem Szenario eher so vorkommt, als würde ich von diesen Bestien besiegt werden, anstatt ein Teil ihrer Spezies zu sein. Sie brauchen mich nicht einmal anzusehen. Allein ihre Anwesenheit, und ein „Achtung", wenn ich im Weg stehe, reicht, um mich einerseits bedrängt zu fühlen. Gleichzeitig aber auch so, als würde ich keinen Platz finden und allen nur im Weg stehen. Ich merke nur noch, wie langsam alles ineinander verschwimmt, die Gespräche werden immer lauter und doch übertönt mein Atem alles. Meine Hand schiebt das Glas den Tresen hinunter zu dem Gast. Ich höre nur noch ein »Ist alles in Ordnung?«. Seltsamerweise bin ich in bester Verfassung zu antworten. »Ja, aber sicher. Mir geht es gut.« Dennoch kämpfe ich mit den Tränen, dem Atmen, der Umgebung. Mit mir selbst. Nach dieser Bestellung entscheide ich mich, mich bei Cherry zu entschuldigen und um einen Moment Pause zu bitten. Glücklicherweise wird meine Bitte erfüllt. Durch die Lichter und das ganze Gewirr aus Männern und jungen Studentinnen und Studenten führt der einzige Durchgang zu den Toiletten. Einen Pausenraum gibt es bei uns nicht. Somit taste ich mich trotz klarer Sicht hindurch. Wie gesagt, meine Sicht war klar, doch als ich die Tür zu den Toiletten aufschlage, merke ich nur noch diesen scheußlichen Geruch, sehen tue ich nichts als schwarz. Als hätte sich ein Vorhang über meine Augen gelegt. Und irgendwann (ich kann nicht sagen, wie lang ich ohnmächtig war) wache ich auf ohne jegliches Zeitgefühl. Es war alles wie davor. Schnelle Atmung und zitternde Hände. Ohne die Macht, das Leiden zu beenden. Doch diese eine Stimme hatte sie. »1… 2… 3… atmen. 4… 5… 6… weitermachen«. Sie erscheint so schnell und unerwartet, wie sie mich verlassen hat. Ich erkenne die Stimme (den rauen, dennoch irgendwie sanften Ton) und dennoch liegt mein Kopf weiterhin in meinen Händen. Ich möchte sein Gesicht sehen. Ich möchte wissen, wer er ist. Und da merke ich erst, als ich meinen Kopf erhoben habe, dass meine Panikattacke zu Ende war. Eine Hand streichelt sanft über meine Haare. Ich blicke neben mich. Zuerst die scheinbar neuen Sneaker. Danach eine blaue lockere Jeans. Zum Schluss diese strahlenden Augen mit einem Glanz voll Besorgnis. Das blonde Haar, fast schon so hell, als wäre es platin, mit blauen Spitzen. Die so weich aussehenden Lippen, welche sich langsam zu einem schelmischen Lächeln formen. Mit meinen Beinen schiebe ich meinen Körper ein wenig von ihm weg. Ich kenne seine Stimme. Aber ihn kenne ich nicht. »Wer sind Sie?«. Er sah verwirrt aus. »Oh, entschuldige, Ophelia … Micah … ähm … Freut mich, dass ich dich endlich wiedersehen kann.« Man erkannte, dass er nicht einmal ansatzweise eine Ahnung hat, wie er sich ausdrücken soll.

»Woher kennst du meinen Namen?«

Er lacht. »Oh Ophelia, wir wissen beide, dass du weißt, wer ich bin.«

»Ich kann's nicht glauben. Ich halluziniere. Schon wieder. Du bist nichts als eine ausgedachte Stimme aus der Fantasie meines ehemaligen Kindes«, sage ich und versuche aufzustehen.

»Wenn ich korrigieren darf. Ich bin ein Erscheinungsbild. Irgendwie echt aber … na ja … anders. Anders als Geister bin ich ein Mensch. Ich bin wie du, nur können die anderen mich nicht in ihren Träumen sehen. Denke ich.«

»Heißt das, du bist so was wie mein Schutzengel?«, frage ich empört.

»Nein auch das nicht. Ich bin ein Erscheinungsbild. E-R-S-C-H-E-I-N-U-N-G-S-B-I-L-D.«

Verwirrt sehe ich in sein Gesicht. Das ergibt doch alles keinen Sinn.

»Okay, tut mir leid. Das sollte ein Scherz sein. Ich denke, ich werde dann mal wieder gehen.«

Schon verschwindet er hinter dieser Tür. Hinter der Tür, die zurück zu der Bar führt. Zu grellen Lichtern und gedankenlosen Bestien. Genau dorthin muss ich auch. Und als ich zurückkehre, ist es nicht einmal so schlimm. Nicht super, auch nicht gerade toll, aber erträglich. Und das reicht mir, um den Abend hinter mich zu bringen. Schlussendlich kann ich ihn sogar ein wenig entspannt ausklingen lassen. Pünktlich zu Mitternacht verschwinde ich aus dem Keller, um in der kalten Nachtluft nach Hause zu gehen. Der feine Stoff meines Kleides hält nicht ansatzweise meine Beine warm, dennoch freue ich mich auf die letzten Minuten eines Disney-Films, welchen ich seit Wochen nicht fertig anschauen konnte. Selbstverständlich nicht zu vergessen den Rest der Tomaten-Mozzarella-Nudeln. Relativ bald danach gehe ich zu Bett, schlage die Decke über meine langsam auftauenden Beine und nicke von Minute zu Minute mehr ein, bis ich endgültig in meinen Tiefschlaf falle. Ich brauche lange, um meine Gedanken über meine Frage handelnd von Hoffnung im Hinblick auf meine weitergehende Zukunft, wegzustecken. Doch irgendwie ist die zurückgekehrte Stimme das Zeichen, welches ich brauche, um an Hoffnung zu glauben. Es gibt immer Hoch und Tief. Für das nächste Hoch benötigt man eben ein klein wenig Hoffnung als Motivation.

# Kapitel 3

## Ophelia

Als ich frühmorgens aufstehe, erkläre ich den gestrigen Abend zur reinsten Halluzination. Es war nur ein Traum während meiner Ohnmacht, der sich wünschte, diese Stimme würde zurückkehren, doch das tat sie nicht einfach so. Und schon gar nicht in der Form eines menschlichen Körpers. So etwas geschieht nur in Filmen. Doch das hier ist das wahre Leben. Dieses Leben schenkt dir keine Almosen. Das wäre viel zu viel Kitsch. So sehr ich mir wünschte, dieser Kitsch wäre Realität.

Selbst während der Arbeit scheinen meine Gedanken nicht in ihre Kisten zurückzuwollen. Das sollte echt nicht zur Gewohnheit werden. Je mehr Gedanken aus dieser Kiste springen, desto weniger Konzentration bringe ich für den Tag auf. Meine Arbeit starte ich wie immer (wenn auch mehr abgelenkt als sonst) mit einer heißen Schokolade. Genau als ich den letzten Schluck trinke, ertönt die Klingel an der Theke. Mit Schwung drehe ich mich um, nur um in sein Gesicht zu sehen. »Micah!« In mir zuckt alles zusammen. Höchstwahrscheinlich erkennt man dies auch für einen Moment an meiner Mimik. Dennoch lächle ich ihn an und frage nach seinem Wunsch. Sobald ich ihm nach seiner kargen Wortwahl den Kaffee ausgehändigt habe, verlässt er diesen Raum wieder. Nur ein verwirrendes herausforderndes Lächeln bekomme ich von ihm. Für gewöhnlich wäre das einer der Gründe, die mich nachts wachhalten. Allerdings hat mich heute eine Art Mut ergriffen. Vielleicht auch nur unüberlegtes Handeln. Ich renne ihm nach. Doch von Micah war weit und breit nichts zu sehen. Ich renne und renne, bis es mich irgendwann zum Stolpern bringt und ich Bekanntschaft mit dem Asphalt mache. Eine Hand streckt sich mir unaufgefordert entgegen. Und anstatt mich höflichst zu bedanken, kommen nur enttäuschte Flüche über meine Lippen. Doch das Mädchen vor mir scheint sich prächtig zu amüsieren. Erst in der Situation, als sie über mich lacht, kommt mir ein »Danke!« in den Sinn. Mit rotem Gesicht wende ich mich ohne Verabschiedung ab.

Also, liebes Universum ... wenn das ein erneutes Zeichen war, hätte es meinetwegen weniger Peinlichkeit geben können. Wenigstens kenne ich nun den Unterschied zwischen Hoffnung und Naivität. Sicherlich hat dabei jeder seine eigene Vorstellung. Meine ist jedenfalls, dass vielleicht die Naivität in allem Positiven die Ironie ist, dass Hoffnung erst erscheint, wenn du am Boden liegst. In der Ohnmächtig-Situation gestern Abend, wohl wortwörtlich, wenn man bedenkt, dass ich auf dem Boden zusammengebrochen bin. Wie soll ich auf eine Ironie vertrauen, wenn ich nicht einmal mehr auf das vertrauen kann, was mein Gehirn als real oder surreal ansieht.

Von all dem einmal abgesehen: Ich hoffe, dieses Mädchen denkt nicht allzu viel Negatives über mich. Denn mehr als ein „Danke" und ein nervöses Lachen, welches sich mehr nach einem verschwörerischen „Hehehe" anhörte, brachte ich nicht hervor. Da gleicht es beinahe einem Wunder, dass ich den Job im Café bekommen habe. Der Job, der dazu führt, dass dieses Mädchen soeben durch diese Tür geht und ich nicht so einfach die Flucht aufnehmen kann. Genau wie bei Micah stehe ich lediglich da und lächle. Sie entscheidet sich jedoch, sich mir vorzustellen.

»Hey! Ich bin Amelia. Geht's dir eh gut? War ein schmerzvoller Sturz.«

»Ähm ... Nein ... Ja, liegt an meiner Ungeschicktheit. Ich bin übrigens Ophelia.«

Anstatt mich zu entschuldigen sind belanglose Ausreden wie *Ich hab dich nicht gesehen* alles, was sich in meinem Kopf zusammenreimt. Glücklicherweise hat Amelia mehr Interesse an einer Zimtrolle als an einem sinnlosen Gespräch mit mir. Dennoch wirft sie mir ein genauso vielsagendes Lächeln zu wie Micah, bevor er exakt wie Amelia aus dem Laden geht. Der kleine Unterschied zwischen den beiden war nur, dass Amelia mich um ein Treffen gebeten hat. Vielleicht habe ich ja eine Chance auf eine Freundschaft mit ihr.

***

Allmählich fühle ich mich etwas hintergangen. Seit einer halben Stunde nach unserem vereinbarten Termin fehlt immer noch jegliche Spur von Amelia. Da bin ich wohl auf einen Studentenstreich hereingefallen. Echt lustig, mehr als eine halbe Stunde auf einer Parkbank zu sitzen und auf ein Mädchen zu warten, welches mir eigentlich komplett fremd ist. Also erhebe ich mich, um nicht länger meine Zeit zu verschwenden. Enttäuscht schlendere ich den Weg zwischen den Bäumen entlang, bis mir die Gestalt von Amelia auffällt. Gestresst rennt sie auf mich zu.

»Es tut mir so unglaublich leid. Mein Mitbewohner hat mich aufgehalten«, spricht sie, ohne vollständig bei mir angekommen zu sein.

Aus irgendeinem Grund beginne ich einfach zu lächeln. Irgendwie macht es mich glücklich, dass Amelia ein schlechtes Gewissen hat. Es zeigt mir, dass sie ehrlich ist und dass ich ihr nicht egal bin. Trotzdem finde ich wieder einmal nicht die richtigen Worte, um das auszudrücken, ohne seltsam zu wirken. So lächle ich einfach weiter, bis es auch Amelia angesteckt hat. Zu zweit stehen wir also im Park und lachen zusammen. Und zusammen scheint es egal zu sein, dass uns die Leute mit schiefen Blicken mustern.

Ich vermute, ein Puzzleteil von meinem Zuhause bekommen zu haben. Als unser Gelächter immer leiser wird, habe ich auch endlich die richtigen Worte gefunden.

»Alles in Ordnung. Ich bin froh, dass du gekommen bist.«

»Ich bin froh, dass du geblieben bist. Jetzt können wir meine ganze Liste abarbeiten.«

Ich traue mich nicht, Fragen zu stellen. Doch die Liste, die sie meint, besteht eigentlich nur aus zwei Punkten.

1. *Reden*
2. *Mir etwas als Dank kaufen, weil ich dir aufgeholfen habe.*

So hat sie es aufgeschrieben.

»Reicht für Punkt zwei ein Milchshake und eine Zimtrolle?«

»Nur wenn ich den Coffeeshop aussuchen darf.«

Letzten Endes landeten wir bei McDonalds und die Zimtrolle wurde eine heiße Apfeltasche. Amelia war echt nett. Sie hat diese unglaubliche Ausstrahlung, die jedem zeigt, wie selbstbewusst sie ist, ohne oberflächlich zu wirken. Ein Wunder, dass sie etwas mit mir unternehmen will. Außerdem hat sie das Talent, keine unangenehmen Pausen entstehen zu lassen. So als ob sie in ihrem Kopf eine Liste mit Sprechthemen abgespeichert hätte. Nicht zu vergessen: Sie geht an dieselbe Uni wie ich. Nur in einen anderen Kurs. Sie wählte Design und Handwerk, ich Fotografie und Medienkunst. Sie hat das Glück, jeden Tag ihre Leidenschaft auszuüben. Ich habe die meiste Zeit nur Vorlesungen. Fotografie ist für meine Dozenten nichts weiter als Theorie. In Wahrheit ist es genau das Gegenteil. Man sieht die Welt durch andere Augen. Man sieht alles in einer magischen Art und Weise. Das ist halt der Nachteil, wenn du eine Uni aussuchst, deren Gelder gekürzt wurden für die Mathematik. Ich steh nicht so auf die Richtigkeit der Dinge. Von Belang ist lediglich, dass du die Welt zu einem anderen Ort *machst*. Die Unterschiede, die Farben machen es einzigartig. Die Welt ist ein Gemälde vor meiner Kamera. Vor den Augen meiner Dozenten ein Ort voller Geheimnisse, die entdeckt werden müssen. Sicherlich ist Wissenschaft extrem interessant, nur braucht man dadurch nicht engstirnig zu werden und alles, was mit Übernatürlichkeit zusammenhängt, zu verbannen. Jeder hat seine Leidenschaft. Man kann nichts daran ändern. Man muss es akzeptieren, nicht verderben. Auch wenn es nicht jemandes Leidenschaft ist, ist das kein Grund, sie kleinzureden.

»Hey Ophelia. Dafür, dass du bei unserer ersten Begegnung nur geflucht hast, bist du nun ziemlich zurückhaltend.«

»Ähm ... haha, lustige Geschichte.«

»Ja weißt du, ich sehe in letzter Zeit einen Mann, der in meiner Kindheit nur eine Stimme in meinem Kopf war, und nun scheint sie mich zu verfolgen. Ich wollte ihm hinterher, aber na ja ... er hatte *puff* gemacht.«, denke ich. Entscheide mich später allerdings für eine andere Ausrede.

»Ich war bei unserem ersten Treffen ziemlich müde. Da bin ich meist unausstehlich.« Nervös schlürfe ich an meinem Shake weiter. »Warum wolltest du dich mit mir treffen? Ich meine, wir kennen uns gar nicht.« Warum habe ich das gefragt?

»Keine Ahnung. Du scheinst irgendwie nicht so wie die anderen zu sein. Im ersten Moment warst du zwar genauso gestresst und wütend. Aber deine Augen bringen so viel Strahlen mit sich. Ein Geheimnis, welches ich zu gerne enthüllen wollte.«
»Hast du das Geheimnis gelüftet?« Am liebsten hätte ich meinen Mund zugeklebt.
»Nun ja. Ich weiß, dass du dich hier gut auskennst, was mir echt eine große Hilfe sein könnte. Außerdem bist du auch noch ganz nett. Das ist ein guter Bonuspunkt.«
Irgendwie bringt dieser Sarkasmus eine Lockerung ins Gespräch. Trotzdem habe ich auch das Gefühl, mit ihr ebenso ernste Gespräche führen zu können. Vielleicht hat sie mir ein Puzzleteil von zu Hause, ein Gefühl mich endlich in meiner Umgebung wohlzufühlen, geschenkt. Und irgendwie auch ein Stück Freundschaft. Dennoch spüre ich immer noch viel zu viel Kälte, um ein Feuer zu entfachen. *Kein Feuer keine Wärme.*
Wir verabschieden uns vor dem Café, wo sich unsere Wege trennen. Zurück in der Wohnung ist alles wieder beim Alten. *Ich. Allein.*
Da hat man viel Zeit zum Nachdenken. Was jedoch unterbrochen wird von dem hohen Läuten der Klingel. Vorsichtig taste ich nach dem Türgriff, unschlüssig, ob ich die Tür öffnen soll. Trotz meiner Zweifel tue ich es. Wie zu erwarten ist es Micah, der vor meiner Tür steht. Seltsamerweise verspüre ich weder Wut noch Verwirrung über sein Erscheinen. Mehr die Freude, nicht allein zu sein.
»Komm, herein.« Ein dankbares Lächeln trifft mich. Sofort schießen mir tausende Fragen über ihn in den Kopf. Ich möchte irgendwie alles über ihn erfahren. So etwas hatte ich noch nie.
Nervös zupfe ich an meinen Ärmeln und ziehe sie etwas weiter über meine Finger. Wir beide nehmen auf meiner Couch Platz. Er starrt nur Löcher in die Luft, was mir genügend Zeit gibt, ihn zu mustern. Ohne dass ich es merke, studiere ich die markanten Gesichtszüge, die ausdrucksvollen Augenbrauen, die weichen Lippen und natürlich diese außergewöhnlich starken Augen, welche momentan in meine blicken. Als ich dies realisiert habe, wende ich meinen hochroten Kopf ab.

»Tut mir leid«, sagen wir wie aus einem Mund.

»Ich wollte nicht starren.« Er lächelt über meine offensichtliche Lüge, wobei er dieses perfekte Strahlen entblößt. »Ich wollte dich nicht verwirren.«

Dafür war es längst zu spät. Erst wenn ich seine Gestalt berühren kann, werde ich mir sicher sein, dass das kein Traum ist. Geister existieren nicht. Und für ein Erscheinungsbild ist er viel zu echt. Irgendwie hoffe ich, Micah ist nicht nur eine psychisch ausgedachte Stimme. Allein seine mysteriöse Erscheinung verwirrt mich.

»Denke nicht darüber nach, wer ich bin oder wie das, was letztens war, möglich sein kann. Keiner von uns wird es herausfinden können.«

»Woher willst du das wissen?«

»Sagen wir mal: Bewahre die Fantasie, wenn Fantasie etwas Unbekanntes ist, das glücklich macht.«

Macht er mich denn glücklich? Das wäre dann wohl die einzige Frage, die mit einem klaren *Ja* zu beantworten ist. Ich kenne ihn nicht, dennoch macht mich seine Anwesenheit glücklich.

»Ich bin kein Erscheinungsbild. Das wäre die falsche Formulierung dafür. Andere Leute sehen mich ebenso wie du. Nur du bist diejenige, die ich damals in meinen Träumen gesehen habe.«

Das hatte ich auch schon erfahren. Nur habe ich nicht erwartet, dass es Micah so gehen würde wie mir. Doch wie vorhin gesagt, kenne ich ihn nicht. Es scheint, als wüsste er alles über mich und ich nichts von ihm. Er ist nichts weiter als eine Stimme in meinem Kopf, die mich aufgeheitert hatte. Jetzt habe ich das Gefühl, ich müsse ihn kennenlernen. Für ihn da sein. Wie ein Bann, aus welchem ich nicht mehr herauskommen würde. Meine Pflicht, für ihn da zu sein. Was mich total überfordert, weil ich gerade mich selbst von einem Tag zum nächsten schleife. Andererseits hat er mich kein einziges Mal darum gebeten. Obwohl ich ihm nichts geben kann, hilft er mir immer und immer wieder. Warum?

»Höre auf, dir Fragen zu stellen. Es bringt nichts.«

Einfach Fragen zu stellen bringt nichts. Da hat er recht. Wenn er mir meine Fragen einfach beantworten könnte, würde das allerdings sehr viel bringen. Weniger schlaflose Nächte. Weniger von dem Gefühl, verrückt zu werden. »Wirst du hier bleiben?« Ich weiß nicht recht, wie dieser Satz unter all meinen Gedanken entstehen konnte. Ich weiß nicht einmal, wie ich das meinte: bezogen auf sein plötzliches Verschwinden oder sein Bleiben in meiner Wohnung? Irgendwie möchte ich beides. Das Gefühl dieser Einsamkeit wird ziemlich bald unerträglich. So sehr ich das Alleinsein liebe. Ein langes Gespräch mit Micah würde mir sehr gelegen kommen.

# Kapitel 4

## Micah

Ich klopfe an der Tür. Sie bittet mich hinein. Und wie mit einem Schlag fühle ich mich willkommen. Was ist diese Magie zwischen uns? Warum bietet sie einer fremden Person an zu bleiben? Oder soll ich wieder einfach so verschwinden? Wie damals. Als sie mich nicht mehr gebraucht hat, weil ich nicht mehr in ihrer Anwesenheit sein konnte. Wir beide scheinen verwirrt von meiner Existenz zu sein. Verwirrt von Vergangenheit und Gegenwart. Dennoch schaffen wir es, miteinander zu reden. Wir reden nicht über das, was uns verwirrt, sondern mehr über die Dinge, die uns mehr voneinander wissen lassen. Irgendwie kommt eines zum anderen und Ophelia hat ein solches Vertrauen zu mir aufgebaut, dass sie mich einlädt, bei ihr zu übernachten. Die Frage, ob ich bleiben werde, konnte ich ihr nicht beantworten. Ich weiß nur, dass ich andauernd das Gefühl habe, bei ihr sein zu müssen. Auch wenn sie wie in diesem Moment in meinen Armen liegt. Wir reden und reden, bis sich irgendwann ihre zarten Hände um mich schlingen. Sie ist eingeschlafen und gleich darauf bin ich es auch. Sie gibt mir eine Zufriedenheit, die mich müde macht und gibt mir die Sicherheit, es würde nichts passieren. Ich kann einfach einschlafen und werde glücklich wieder aufwachen. Glücklich, aber allein. Wobei sich das „glücklich" auf die Hälfte reduziert. Nur noch Ophelias Duft ist mir geblieben. Ich hingegen befinde mich immer noch in dem rauchigen Pullover von gestern, welchen ich so schnell wie möglich loswerden möchte. Mit einem letzten Blick auf das Bett, die zusammengelegte Decke und diesen wunderschönen Ausblick verschwinde ich. Vermutlich befindet Ophelia sich momentan im Café und würde bald in die Uni fahren. Zwischenzeitlich werde ich eine Dusche nehmen. Dieser scheußliche Geruch von Rauch ist wirklich nicht mehr zu ertragen. Selbst wenn er mit einer Mischung aus angenehmer Kälte in der Luft den gemütlichen Duft von Herbst verbreitet. Das Gefühl kurz vor Weihnachten, wenn man sich Monate davor nur auf diesen einen Abend mit seiner Familie konzentriert. Kalte, angenehme Luft nach dem Geruch von Einheizen. Es zerstört die Welt und dennoch hat es eine solch heimelige Wirkung auf mich. Doch solange dieser Geruch nicht in Verbindung mit kalter, frischer Luft steht, welche sich behutsam auf meine Haut legt, ist er nicht mehr als der Geruch von Zigaretten. Eine schlechte Erinnerung an die damalige Zeit. Das ist alles, was er auslöst. Und gestern habe ich seit drei Jahren wieder eine geraucht. Ein einziges Mal und hoffentlich ohne Rückschläge. Ich verberge mein hellblaues Haar unter der schwarzen Kapuze. Meine Fingerspitzen verschwinden in der warmen Jackentasche. Vor meiner WG halte ich an, um den Stimmen zu lauschen. Offenbar hat mein Mitbewohner wieder einmal Besuch. Die Menschen ignorierend gehe ich ohne ein Wort in mein Badezimmer. Das stinkende Gewand schmeiße ich einfach in irgendeine Ecke und steige unter das langsam warm werdende Wasser. Meine hellblauen Spitzen hängen in nassen Strähnen in mein Gesicht. Die Hälfte meiner Sünden lässt sich einfach wegwaschen. Die andere haftet stets auf mir. Es wird Zeit für eine Veränderung. Nach jeder schlimmen Tat kann ich mir wochenlang nicht ins Gesicht sehen. Solange dieses ausgewaschene Blau in meinen Spitzen ist, wird auch das Gefühl dieser Sünden da sein. Ich spreche aus Erfahrung. Die einzige Haarfarbe, die noch in dem Regal steht, ist Schwarz. *Na ja, warum nicht?* Eine Dreiviertelstunde später fühle ich mich endgültig befreit.

Nachmittags habe ich das dringende Bedürfnis, an die frische Luft zu gehen. Eilig streife ich mir meine schwarze Jacke über sowie den weißen Pullover, um der Gruppengemeinschaft meines Mitbewohners zu entkommen. Doch als ich meine Hand auf die Türklinke lege, dringt die Stimme meines Mitbewohners zu mir. Erst vor zwei Wochen war ich hier eingezogen. Vor meinem Mitbewohner dachte ich, die Leute würden mich ignorieren. Könnten mich nicht sehen. Er bewies mir das Gegenteil.

»Wohin gehst du?« Und das seit Tag eins. »Raus«, gebe ich als meine karge Antwort zurück.

»Du kannst dableiben. Wir haben Pizza bestellt und spielen dann gleich noch ein paar Videospiele.« Es war ja nett gemeint, doch ich habe echt keine Nerven, mich zu ihm und seinen Freunden zu setzen, um Videospiele zu spielen. »Nein, danke, hab was vor.« Meine Standardausrede. Und diesmal auch ein Teil der Wahrheit. Theoretisch will ich auf Ophelia warten. Möchte später aber doch nicht derartig anhänglich wirken. Zur Alternative stünde dann, noch meine Semmel auf einer Parkbank zu verzehren. Überall stehen geschnitzte oder bemalte Kürbisse, die das Gefühl von Herbst verstärken. Ich sitze einfach nur da und beobachte die Leute, die an mir vorbeigehen. Eine kleine Familie, einige Freundesgruppen und gestresste Arbeiter. Generell wirken alle sehr gestresst. Vermutlich sind deshalb alle hier so mürrisch.

Am frühen Abend wird es bereits dämmrig. Der Mond blitzt wie eine leichte Skizze am Himmel auf. Mein Zeichen, mich zu erheben. Die Straßenlaternen leuchten schon, obwohl man den Weg von der Straße noch leicht unterscheiden kann. Solange es möglich ist, meide ich meine Wohnung. In langsamen Schritten komme ich erst um 20:00 Uhr zuhause an. Mittlerweile ist es stockfinster. Selbst in unserer Wohnung ist es dunkel. Nur der Fernseher leuchtet. Davor sitzen drei Jungs mit der Konsole.

»Pizza steht noch in der Küche«, höre ich Derek rufen, was mir ein leichtes Grinsen entlockt. Die zwei Stück Pizza waren im Nu weg. So sehr Dereks Neugierde nerven kann, seine Aufmerksamkeit trotz meiner Verschlossenheit ist echt bemerkenswert. Ich schnappe mir die letzte Konsole und trete dem Spiel bei. Im Augenwinkel erfasse ich Dereks erstauntes Lächeln. Fünf Minuten später sind drei Jungs in ein verzweifeltes Seufzen gefallen. Drei Rennen später sind sie nur noch verzweifelt. Bis jetzt hat mich keiner in Mario Kart geschlagen. Es war mein Lieblingsspiel, als ich klein war. Da können diese drei Nerds nie ran. Nach dem vierten Rennen entscheide ich mich, schlafen zu gehen. Irgendwie hat es mich glücklich gemacht, Derek eine Freude zu machen. Vor allem war es so einfach.

***

Am nächsten Morgen ist der erste Gedanke, mit welchem ich munter werde, Ophelia. Derek murmelt noch auf der anderen Seite der Wohnung seinen Traum, während ich mich auf den Weg zum Coffee Shop mache. Um 7:30 Uhr hole ich mir meinen Latte. Ophelia begrüßt mich mit einem freundlichen Lächeln, so wie sie es bei jedem Kunden tut. Nachdem ich bezahlt habe, nehme ich anders als beim letzten Mal Platz, um gemütlich meinen Kaffee zu schlürfen und nebenbei das Kommen und Gehen zu beobachten. Nach 8:00 Uhr gesellt sich Ophelia für ein oder zwei Minuten neben mich, nur um mich für abends einzuladen. Selbstverständlich sage ich zu, was offenbar der einzige Grund war, dass ich zufrieden wieder gehen kann. Fast schon so, als wäre es eine Besessenheit. Wenngleich ich einfach meinem Gefühl nachgehe. Mein Gefühl sagt mir aber auch, ich sollte sie nicht bedrängen. Innerlich beginnt mein Herz jedes Mal vor Freude zu rasen, wenn sie mit mir spricht. Sie ist nicht wie der Rest hier. Sie ist aufmerksam und dennoch nachdenklich. Aber auch mysteriös. Und jede Seite, die ich nicht kenne, möchte ich kennenlernen. Die Chance würde ich abends in ihrer Wohnung haben. Bis dahin müsste ich mir einen anderen Zeitvertreib suchen. Ein Besuch in der Uni wäre sicher nicht schlecht, doch damit hat mein Gehirn schon längst abgeschlossen. Vielleicht hole ich meine Kamera. Die in Nebel eingehüllte Stadt ist mit Sicherheit ein Foto wert. Somit schlendere ich, mit der Kamera um meinen Hals, meinen gewohnten Spazierweg entlang. Eingehüllt in Jacke und Schal, umgeben von Nebel und Kälte. Für andere nichts weiter als ein Tag mit schlechtem Wetter. Für mich ein mystischer Ort mit der perfekten Chance auf die perfekten Fotos, für die perfekte Erinnerung. Mal abgesehen davon, dass ich alleine morgens durch die Stadt spaziere.

Das Wort „perfekt" geht so einfach über die Lippen. Doch was ist perfekt? Die meisten Dinge, die wir so bezeichnen, würden wir nach längerer Überlegung gar nicht so beschreiben. In Wahrheit ist „perfekt" nur eine Ansicht unserer Gedanken. Wunsch. Fantasie. Nichts und niemand ist Perfekt. Wenn überhaupt, ist es das Schöne, dass wir alle positive *und* negative Eigenschaften haben. Beides macht uns aus. Was wären wir ohne unsere Makel? Die Makel haben einen Sinn. Sie machen unsere Bestimmung. Wenn wir alles hätten, würde das unsere Entscheidungen ziemlich einschränken oder erschweren. Es ist nicht einfach, Menschen zu akzeptieren. Nicht einfach, sich selbst zu akzeptieren. Doch irgendwann schafft man es. Denn „perfekt" ist Ansichtssache. In meinen Augen ist es Ophelia. Ein besonderer Name zu einem besonderen Mädchen. Und eigentlich sind es genau ihre Makel, die mich interessieren. Den Rest kenne ich bereits. Doch das Negative ist das, was mein Gehirn nicht erahnen kann. Sie muss es mir von sich aus anvertrauen. Und mit diesem kitschigen Gedanken verschwende ich zwei Stunden. Mittlerweile hat sich der Nebel gelüftet. Mich hat irgendetwas wieder zu meiner Parkbank verschlagen. Mit dem Blick auf eine wunderschöne Allee. Dazwischen ein Springbrunnen, der täglich ein beruhigendes Plätschern von sich gibt. Nach weiteren fünf Stunden ist meine Speicherkarte voll. Selbst wenn all die Fotos, die ich gemacht habe, mit hoher Wahrscheinlichkeit wieder verworfen werden. Es kommt nur sehr selten vor, dass ich mit einem meiner Werke zufrieden bin. Entweder ist das Licht zu hell oder zu dunkel, eine Person ist mir vor die Linse gekommen oder, oder, oder. Aber für den Moment tut es gut. So schaffe ich Erinnerungen. Nur dass ich diese immer löschen muss, weil mir die Fotos eine Plage sind. Eine Schande und keine Erinnerung. Es wäre schön, wenn ich ein Foto mit meinen Augen schießen könnte. Dann hätte ich den Ausdruck perfekt für mich verwirklicht und zusätzlich noch eine schöne Erinnerung. Man kann wohl nicht alles haben. Im Moment ist mein Körper sowieso voller Adrenalin. Die Tatsache, dass Ophelia mich eingeladen hat, ist besser als die Fähigkeit, Fotos mit meinen Augen zu machen.

Eine weitere Stunde später, als ich meine Fotos wieder aussortiert habe, sitze ich immer noch auf der Parkbank. Nur ein Bild hat es geschafft, nicht gelöscht zu werden. Und selbst dabei war ich mir nicht zu 100 % sicher. Ich habe schon vor vielen Jahren mit dem Fotografieren begonnen. Damals hatte ich dieses angenehme Gefühl bei jedem Bild, welches ich schoss. Es war die Inspiration. Doch irgendwann verschwand diese und mit ihr auch die Begeisterung für meine Bilder. Es ist das erste Mal seit fünf Jahren, dass ich nach meinen Fehlversuchen wieder nach meiner Kamera griff. Meine Inspiration habe ich immer noch nicht. Aber wenigstens versuche ich, sie wiederzufinden. Dieser Park war meine erste Idee. Ich dachte, sie hier zu finden. Zwischen all dem Grün und Wasser. Hier fühle ich mich wohl. Das hat aber anscheinend keinen Zusammenhang mit Inspiration, so schön dieser Ort auch ist. Die Suche geht also weiter. Um 17:00 Uhr fallen die ersten Tropfen auf die Erde herab. Mit der schwarzen Kapuze folge ich langsam dem Weg nach Hause. Bis ich bei Ophelia sein muss, habe ich noch eine Stunde. Eine Stunde, die ich mit unnötigen Gedanken verschwenden werde. Als ich die Tür öffne, ist die Wohnung leer. Um diese Zeit bin ich für gewöhnlich noch nicht daheim. Derek genauso wenig. Mit dem Unterschied, dass er die Zeit sinnvoll in der Uni verbringt. Er macht irgendetwas mit Game Design. Passt zu ihm, wenn man bedenkt, dass Derek den größten Teil seines Lebens an der Konsole verbringt. Das hatte ich in meiner Kindheit gemacht. Heute nur noch in seltenen Augenblicken. Dennoch könnte ich dieses Hobby nie zu meinem Beruf machen. Meine Lebenssituation kurz erklärt: *Ich habe keine Ahnung.* Und so vergeht diese Stunde. Wieder eingewickelt in Jacke und Schal begebe ich mich nach draußen in die Kälte. In der Zwischenzeit hat es begonnen zu schütten. Wie ein Vorhang, der beruhigend in leichten Windzügen tanzt, wirkt dieser Schauer. So macht er jedes Mal den Anschein auf mich.

Meine Hand hat sich zu einer Faust geformt, bereit zu klopfen, als Ophelia stürmisch die Tür aufreißt. Etwas perplex fällt mir kein anderes Wort als die altbekannte Begrüßung »Hi!« ein. Und auch ihr scheint es so zu gehen, selbst wenn sie mich bereits erwartet hat.

»Hi, komm herein.« Na ja sie findet ein wenig mehr Worte im Gegensatz zu mir. Mehr als das »Hi'« und das »Danke« bringe ich nicht hervor. Dennoch entwickelt es sich mit der Zeit zu einem ordentlichen Gespräch. Wir haben erneut dieselbe Position wie beim letzten Mal eingenommen. Sie in meinen Armen, als würden wir uns schon ewig kennen, was indirekt auch irgendwie der Fall ist. So liegen wir auf ihrer Couch, bis sie das Gespräch erneut mit einer simplen Frage aufrollt.

»Hast du mich damals gesehen? Oder war alles nur Einbildung? Deine Stimme von damals?« Als hätte sie einmal in ihrem Leben nur auf diese Frage geachtet und nicht an meine Reaktion gedacht. Diese Frage kommt geradeheraus vom tiefen Inneren ihres Herzens.

»Du bist immer in meinen Träumen erschienen«, beginne ich. »Nie war ich mir sicher, ob du real bist oder eine Wahnvorstellung. In jedem Traum warst du weinend am Boden gesessen und sprachst kein Wort, dennoch wusste ich, du würdest mir zuhören, jedes Mal, wenn ich dich tröste. Jedes Wort, das ich sprechen würde. Der Traum endete immer gleich. Ich sage 1... 2... 3... atmen. 4... 5... 6...weitermachen. Du siehst mich an und bevor ich dich erkennen konnte, wachte ich auf. Egal wie schlimm deine Unbekanntheit für mich war, hoffte ich, jede Nacht meinen Traum wieder zu erleben. Deine Bekanntschaft zu machen, wurde zu meinem größten Ziel, doch nie konnte ich es zu Ende bringen, weil du eines Tages einfach weg warst.« Ich verliere mich selbst in dieser Erinnerung, sodass ich vergesse, dass ich gerade rede. »Ich wusste, du brauchst mich nicht mehr«, vollende ich meine Gute-Nacht-Geschichte. Irgendwann wird einer von uns beiden wieder verschwinden, nur hoffentlich liegt dies in ferner Zukunft. Obwohl ich weiß, dass Ophelia bereits schläft, ist es mir wichtig, das Ende meiner Geschichte zu erzählen, bis ich selbst, wie sie, in das Traumland weiche.

# Kapitel 5

## Ophelia

Eben spüre ich noch so viel Wärme. Mit einem Schlag wird jedoch alles wieder kalt. *Kalt. Kalt. Kalt.* Ich versuche den Zeitpunkt des Aufstehens zu verzögern und warte stattdessen auf den nervigen Ton meines Weckers, bis ich realisiere, dass das Wochenende da ist. Vorsichtig öffne ich meine Augen. Für den Moment möchte ich nur meine Decke holen, um weiterschlafen zu können. Doch der Mann, welcher in meiner Küche mit meinen Pfannen hantiert, hat einen anderen Plan, welcher offensichtlich darin besteht, mich zu wecken. Dann fällt mir der gestrige Abend wieder ein. Micah war erneut hier eingeschlafen. Mein unverständliches Gemurmel macht ihn auf mich aufmerksam.
»Es tut mir leid. Ich wollte dich nicht wecken. Willst du frühstücken?«

Er musste echt zaubern können, um mit den wenigen Zutaten bei mir zu Hause ein derart duftendes Frühstück vorzubereiten. Ich schlüpfe unter der wenigen Decke, die noch auf mir liegt, hervor. Da mir in meinem dünnen Pyjama jedoch zu kalt ist, wickle ich sie um mich. Eigentlich lasse ich meine morgendliche Speise immer aus und ersetze sie durch ein warmes Getränk. Irgendwie bringe ich es aber nicht übers Herz, seine Mühen einfach so stehen zu lassen. Meinen Tee habe ich dennoch bekommen. Wir sitzen einfach an meinem Küchentisch und essen ohne unangenehme Stille. Nur mein Radio spielt in leisen Tönen Musik. Als wir fertig sind, bedanke ich mich für seine Überraschung. Er hingegen bedankt sich für mein offenes Ohr gestern Abend. Er sagt es mit ernster Stimme, was ich aber nicht verstehe, da ich eingeschlafen bin, nachdem er erzählt hat, dass ich eines Tages einfach weg war. Dennoch weiß ich, dass er es wirklich, wirklich ernst gemeint hat. Was mir irgendwie das Gefühl ... den Mut gibt, mich ihm zu öffnen. Ein Stückchen zumindest. Ich drehe mich zu Micah und sehe ihn für einen Moment nur an. Seine blauen Spitzen in seinem ehemaligen Platinblond wichen dem dunklen Schwarz der Nacht. Auch wenn mir seine Haarfarbe schon gestern aufgefallen war, erkenne ich nun, wie perfekt sein Haar zu diesem dichten Wimpernkranz der seine Augen so gut betont, passt.

Tausende Gesprächsthemen schwirren in meinem Kopf herum. Von Haarfarben bis zum Kaffee, von dem Frühstück bis hin zu seinen gestrigen Worten. Es dauert viel zu lange, bis die richtigen Worte auf meiner Zunge liegen.

»Ich habe Angst.« Vielleicht auch nicht ganz die richtigen Worte.

»Ich habe das Gefühl, keinen Sinn fürs Leben zu haben. Es ist jeden Tag nur derselbe langweilige, stressige, unausstehliche Ablauf. Jeder Tag stiehlt ein Stückchen von meiner Zeit und mit ihr auch ein Stück meiner Lebensfreude. Ich weiß nicht, was ich dagegen machen soll.« Sein Blick zeigt mir, dass ich verstanden werde. Nur das Lächeln, welches darauf folgt, ist ein wenig verwirrend, wird aber allmählich aufgeklärt.

»Wie wäre es, wenn ich dich über das Wochenende aus deiner Endlosschleife heraushole? Zwei Tage keine Verpflichtungen. Keine Angst.« Und diese Ansprache, mit Hilfe dieses schelmischen Grinsens, lässt mich ebenso lächeln wie ihn. »Abgemacht!«

\*\*\*

Eingewickelt in Mantel und Schal, stehe ich vor meiner Wohnung. Zitternd wegen der Kälte und zappelnd aufgrund der Aufregung. Micah hatte mir nichts von seinen Plänen verraten. Anders als die meisten Menschen in solch einer Situation empfinde ich keine Neugierde, die Überraschung zu lüften. Meine Gefühle wären am besten damit beschrieben, dass sie im Moment ziemlich gemischt sind. Die einzigen Hinweise, welche mir Micah gegeben hat, sind, dass Tag eins Aktivitäten draußen und Tag zwei Aktivitäten drinnen geplant sind. Er möchte mir die schönen Seiten dieser Welt zeigen. Die, die ich seit Jahren nicht mehr sehen konnte. *Warum hatte ich mich noch gleich darauf eingelassen?* Das Wochenende stellt mir die einzigen Tage zur Verfügung, deren Zeit ich zu gerne verschwende. Versteckt vorm Ernst des Lebens. So könnte es von mir aus immer sein. Bei diesem Gedanken fährt ein blau-grünlicher Skoda vor. Eines dieser alten Modelle. Ich denke, ein Skoda 105. Jedenfalls sitzt hinter dem Steuer Micah.

»Du hast ein Auto?«, frage ich etwas zu sehr überrascht.

»Ich habe einen Führerschein. Und vielleicht auch einen Mitbewohner, der mir sein Auto leiht.« Und wieder dieses schelmische Grinsen. Vorsichtig öffne ich die Autotür, die zu zerbrechen droht.

»Wo fahren wir hin?«, frage ich voller Hoffnung auf eine Antwort. Er schüttelt hingegen nur den Kopf.

»Du wirst schon sehen.« Werde ich das? Kein Ort, den ich in Oklahoma gesehen habe, hätte mir einen Grund geliefert, nicht von hier verschwinden zu wollen. Woanders hin kann ich jedoch nicht. In diesem Moment steigt meine Spannung. Vorbei an sämtlichen Geschäften und Privathäusern, ist unser erstes Ziel ein Museum. Keines dieser vollgestopften Tourismusattraktionen. Eher ein kleines mit nur zwei weiteren Besuchern, die im Begriff sind, das Gebäude zu verlassen. Es ist ein schönes Gefühl, allein in einem Museum zu sein. Die Aufregung, die sich mit seinem Geheimnis in mir aufbaut ist unerträglich und zugleich angenehm. Seit Langem beeindrucken mich die schönen Seiten von Oklahoma City wieder. Die gesamte Geschichte dieser Stadt, sowohl negativ als auch positiv. Aber wahr, und deshalb auch schön. Die ganzen Massen an gestressten, muffigen Personen stellen meine soziale Kompetenz auf die Probe. Sie blenden meine Sicht auf das Schöne. Micah hilft mir, das alles wieder in den Griff zu bekommen. Nach ganzen sechs Stunden, die Fahrt mitgerechnet, geht es zum nächsten Ziel. Besser gesagt: zur nächsten Pause. Selbstverständlich muss auch dies eine Überraschung werden. Eine nicht ganz gelungene, aber viel zu lieb gemeinte Überraschung. Oklahomas bestes Eisgeschäft. Nur bemerkt er meinen nervösen Blick. Und fordert mich auf, ein Geständnis abzugeben.

»Es tut mir wirklich leid. Irgendwie war ich noch nie so ein großer Fan von Eis. Morgens trinke ich immer einen Tee oder eine heiße Schokolade. Ich brauche diese Wärme. Irgendwie hat sich ein Irrglaube in mir entwickelt, dass ein heißes Getränk die Kälte aus meiner Seele vertreibt.« Das klingt bescheuert. Seine Reaktion wirkt weder wütend noch irritiert. Nein, ganz und gar nicht. Er tüftelt sofort die nächste seiner cleveren Ideen aus. Ein leises Café mit warmen Holztönen und Heizung. Nicht zu vergessen der heiße Kakao mit Sahne und Marshmallows obendrauf, den er mir spendiert. An einem Tag hätte ich nicht noch mehr lächeln können wie heute. Immer wieder ergänzen wir unsere Ansichten aus unserer damaligen Begegnung. Das einzige Thema, welches unausgesprochen bleibt, ist die Zukunft. Und das ist auch gut so. Nachdem mir Micah auch noch einen warmen Kuchen gekauft hat, geht es weiter zur nächsten Überraschung. Er meint noch mehr geplant zu haben, doch die Zeit im Café ist viel zu schnell vergangen. So beschließt er, nur noch einen einzigen Ort zu präsentieren. Mitten auf einer Brücke halten wir an. Er steigt aus, was ich ihm gleichtue. Bevor ich die Tür öffnen kann, befiehlt er mir allerdings, meine Augen zu schließen. Micah hilft mir dabei, das Auto zu verlassen, und positioniert mich in eine bestimmte Richtung.

»Öffne deine Augen und sage mir, was du siehst.« Ich tue, was mir befohlen wurde. Ein wenig Angst macht er mir schon, doch das scheint unwichtig nach dem Ausblick, welcher sich mir bietet. Im ersten Moment bin ich wie verzaubert. Erst nach fast unendlichem Schweigen erinnere ich mich an Micahs Befehl.

»Ich sehe den Sonnenuntergang. Eine Skyline getränkt in roten, orangenen, rosa und blauen Tönen«, schwärme ich ihm vor. »Das ist das, was wir sehen sollen. Das ist die Magie, an die wir glauben sollen.« Micah hätte echtes Potential für einen Poeten. Doch er hat Recht mit jedem Wort, das er sagt. Im Prinzip liegt die Art und Weise, wie wir unser Leben leben, in unserer Hand. Und mit einem Menschen wie Micah wirkt das Leben sofort lebenswert. Andere beeinflussen zwar unser Leben, leben tun wir es allerdings ganz allein. Diese Sichtweise kitzelt er innerhalb eines Tages aus mir heraus.

Was wird morgen passieren? Die Worte, die ich mir dachte, die Worte, die ich als Verabschiedung sagen wollte und die Wörter, mit denen ich morgens wieder aufgewacht war.

Was wird heute passieren? Das erste Mal in meinem Leben frage ich das nicht aus Angst vor der Zukunft. Ganz im Gegenteil, ich freue mich auf einen weiteren Tag mit Micah. Beginnend mit dem Rucksack voll mit meinen Lieblings-CDs. Seine Haare wurden aufgrund des heutigen Sturms ziemlich verweht. Ohne wirklich nachzudenken, fahre ich spielerisch durch sie hindurch. Anfangs bringe ich sie nur noch mehr aus ihrer eigentlichen Form, aber es gefällt mir, weshalb ich sie so lasse. Und auch er fasst sie nicht weiter an.

»Wir haben viel zu tun, Mrs Ophelia. Uns steht ein ganzer Tag mit Fluch der Karibik bevor. Keine Pausen. Nur wir und Jack Sparrow. Ist es okay für dich, wenn wir eine Pizza bestellen?«

»Zu einer Pizza sage ich nie nein.«

So vergeht der Tag. Nicht anders als erwartet und dennoch perfekt. Wie Micah es gesagt hatte: Nur wir und Jack Sparrow. Es war seltsam, dieses *wir* zu hören, ohne dessen genaue Bedeutung zu kennen. Ich wusste nicht, was *wir* waren. Freunde? Freunde auf dem Weg nach mehr? Denn irgendwie hoffe ich auf Letzteres, auch wenn ich nicht weiß, ob er eines Tages wieder verschwinden würde. Auch wenn ich nicht weiß, ob ich bereit dazu bin. Bereit dazu, mich auf eine Person einzulassen, die von einer Sekunde auf die andere verschwunden ist. Dennoch schreien mir Bauchgefühl, Herz und Kopf jeden Tag zu, dass ich bereit sei. Die Frage ist nur, ob er es auch ist. Hat dieses *wir* eine Chance? Wahrscheinlich lassen sich all diese offenen Fragen nur durch das Risiko beantworten.

Vor knapp einer Stunde erinnerte uns mein knurrender Magen, daran eine Pizza zu bestellen. Anscheinend ist Popcorn nicht seine Vorstellung von ausreichender Ernährung. Dafür sind die beiden Salamipizzen im Nu weg.

»Das war ein fantastisches Abendessen«, lache ich – kurz davor, mich zu verschlucken.

»Dem kann ich nur zustimmen.«

Voller Freude auf den letzten Teil beginnen wir mit neuer Energie den Film. Nur dass die neu gewonnene Energie sich ziemlich schnell in Müdigkeit umwandelt. Ich weiß nicht, wann ich eingeschlafen war. Ich weiß lediglich, dass ich in Micahs Arme gefallen bin.

*»Lass diesen Moment doch niemals enden, ...«*

# Kapitel 6

## Micah

»... *Das Ende wird in den Sternen weitergehen*«, gebe ich murmelnd von mir, während auch ich in den unausweichlichen Schlaf falle.

# Kapitel 7

## Ophelia

Das waren die längsten zwei Tage der Welt, und dennoch waren sie viel zu kurz.

Es ist nun eine Woche vergangen, ohne dass ich Micah gesehen habe. Als er sich von mir verabschiedete, meinte er, wir würden uns zu Halloween wieder sehen. Und morgen ist der 31. Oktober. Ich vertraue darauf, dass er mich abholen wird. Auch wenn es mir ziemlich naiv erscheint, nach einer Woche, in der ich nicht von ihm gehört habe, darauf zu vertrauen, dass er vor meiner Tür stehen wird. Dennoch hat er sein Wort noch kein einziges Mal gebrochen. Das muss ich ihm lassen. Seufzend schmeiße ich meinen Schlüssel auf das kleine Tischchen neben der Tür. Und wieder bin ich zurück in meiner Endlosschleife. Es war ein langer, langer Tag im Café und anschließend ein sehr, sehr langweiliger Vortrag über die Entstehung der ersten Fotografien. Danach will man einfach ins Bett. Außerdem muss ich für morgen genügend Schlaf haben, um im Keller des Cafés nicht wieder ohnmächtig zu werden. Mit einem kurzen Blick in meinen Briefkasten mache ich mich auf den Weg zurück ins Zimmer. Als ich zu der ersten Stufe ansetze, kommt mir in den Sinn, vielleicht doch ein weißes Stück Papier darin gesehen zu haben. Noch nie habe ich Post bekommen, weshalb ich wohl einen ordentlichen Blick in diese Box vermeide.

»Von Micah für Ophelia«, murmle ich die blaue Anschrift auf dem weißen Kuvert.

Aber natürlich greift dieser Charmeur auf kitschige Liebesbriefe zurück. Wie könnte es auch anders sein.

*Ophelia,*

*da ich bei unserem letzten Treffen angekündigt habe, dich an Halloween wiederzusehen, werde ich wohl über Briefe mit dir Kontakt halten müssen. Wobei ich eigentlich in Wahrheit*

*gerade keine Zeit habe, weil ich beschäftigt bin, aber das ist nur Nebensache. Ich werde dich morgen abends vor deiner Tür abholen und dir eine weitere Sache aus Oklahoma zeigen, da ich mir sicher bin, dass du dich an Halloween nur in deinem Zimmer verkriechst.*
*Es gibt nur eine Bedingung. Um nicht seltsam auszusehen (auch wenn du immer bezaubernd aussiehst), hätte ich dich gerne in einem Kostüm abgeholt. Das ist ein kleines „Muss" bei einem Halloween-Fan wie mir. Ich freue mich schon, deiner neuen Gestalt gegenüberzutreten.*

*Bis bald!*
Micah :-D

Ein Kostüm? Und wo soll ich seiner Meinung nach ein Kostüm so schnell herzaubern?
Nein.
Er hat mir so oft gezeigt, dass er mir zuhört, und da hat er einmal einen Wunsch gegenüber mir und ich ignoriere ihn. Das kann ich nicht machen. Er hat mir die Stadt gezeigt. Er hat mit mir meinen Lieblingsfilm angesehen. Alle Teile. Er hat mich aufgefangen, als ich gefallen bin. Was hat er mir von sich verraten? In solchen Momenten wird mir meine Vergesslichkeit immer zum Verhängnis. Ich bin ein Monster. Warum ist es so schwer, jemandem eine Freude zu machen? Bei ihm sieht es immer so leicht aus. *Moment! Vampire!*
Er hat erzählt, dass er sich an jedem Halloween Vampirfilme ansieht. Das sollte ich hinbekommen.

\*\*\*

17:00 Uhr

In dem schwarzen Arbeitsgewand und den dunklen Augenringen allein könnte man mich als Vampir einschätzen. Mit Fake-

41

Blut, Bisswunden und roten Lidschatten sollte es offensichtlich sein, was ich darstelle. Zwar bin ich nicht Bella aus Twilight, aber solange er nicht exakt wie Edward dasteht, bin ich beruhigt. Gerade als ich die Tür aufmachen will, um zu sehen, ob Micah da ist, sehe ich seine erhobene Faust. Er ist nicht Edward. *Puh.* Ein rotes Tuch um den Kopf. Die zerrissene Kleidung. Der Piratenhut in der Hand. Eindeutig.

»Captain Jack Sparrow!«

»Bella Swan!«

Mir gefällt seine Wahl. Zwar spielen unsere Charaktere nicht im selben Film und dennoch könnten ein Vampir und ein Pirat gewiss nirgendwo besser zusammenpassen. Uns beiden war bewusst, dass ich nicht die Verkörperung von Bella Swan bin. An dieser Stelle müsste ich eine dunkelbraune Perücke aufsetzen. Aber es ist egal. Wir hatten Spaß. Da macht selbst die Korrektheit der Dinge nichts aus.

»Was ist euer Ziel, Captain?«, frage ich, mein Lachen unterdrückend. Micahs Gesichtsausdrücken nach zu urteilen, geht es ihm genauso wie mir. Bis das verdächtige Grinsen purer Ernsthaftigkeit weicht.

»Für die Antwort müssen Sie sich mir wohl anschließen.« Zwar würde ich nur zu gerne von seinen Plänen erfahren. Doch mich auf eine Überraschung einzulassen könnte mir für einen Tag meine Angst vor Naivität nehmen. Ich eile zurück in meine Wohnung, um meine Tasche zu holen. Als ich wiederkomme, sehe ich direkt in Micahs eingeschüchterten Blick, der zu Erleichterung wechselt.

»Nimm es mir nicht übel, aber selbst ich bin zum Opfer der Handygeneration geworden«, lache ich. »Keine Sorge. Ich laufe nicht so schnell davon«, füge ich hinzu, um meine Worte zu verdeutlichen. Wir folgen dem Verlauf der Treppen bis hin zur Ausgangstür, wo uns ein erfrischender Wind begrüßt. Ab hier bin ich der Ungewissheit ausgesetzt. Ob der Weg geradeaus, links oder rechts geht, liegt in Micahs Händen. Der Verkehr auf der Straße hat sich auf ein lächerliches Nichts verkleinert. Die einzigen Geräusche in der Nacht sind unser Atem sowie unsere Schritte auf dem kalten Asphalt. Mir brennt die Frage nach dem Weg auf der Zunge. Sehnsüchtig möchte ich wieder zumindest ein wenig Kontrolle haben. Dennoch schaffe ich es, mich zurückzuhalten, bis wir im Park ankommen. Neben einer alten Parkbank stehen zwei weiße Kerzen, welche soeben von Micah zum Leuchten gebracht werden. Und auf dieser Bank stehen zwei Chai-Tees und ein köstliches Abendessen.

»Willkommen zum Candle-Light-Dinner.«, präsentiert er mir sein Werk mit ausgestreckten Armen.

Gemütlich verzehre ich eine Teigtasche nach der anderen und verfolge den angenehmen Small Talk zwischen uns. Bis mir etwas einfällt.

»Hattest du nicht einmal erwähnt, zu Halloween immer einen Vampirfilm anzuschauen?«

»Das ist nur eine alberne Tradition«, beschwichtigt er.

»Nun ja, dann muss ich dich eben für diese alberne Tradition ins Kino einladen.«

Er will mir weiterhin einreden, dass das nicht nötig sei und ich doch in wenigen Stunden in die Arbeit müsse. Doch ich wehre all seine Ausreden ab. Das ist meine Chance, ihm eine Freude zu machen. Außerdem würde mich selbst ein zweistündiger Vampirfilm nicht verspätet in die Arbeit lassen. Es bleibt ja genügend Zeit. Selbst das Schicksal gibt uns seinen Segen. Nicht nur, dass wir gerade noch rechtzeitig zu der letzten Vorführung in einem unbekannten Vampirfilm kommen, da ist auch noch das Glück, dass es überhaupt einen Film mit diesem Thema im Kino spielt.

Ein dunkler Schatten legt sich über die wenigen Köpfe, die sich hier versammelt hatten. Der Kinosaal war lediglich mit zwei weiteren Personen gefüllt.

Der Film beginnt. Die ganze Zeit über versuche ich mich auf die Handlung des Films zu konzentrieren, während mein Kopf einzelne Szenen abspielt, die mich ablenken: Micahs Hand, die sich unmerklich meiner nähert. Sein Atem dicht an meinem Ohr mit einem rauen *Danke*. Alles ausgelöst durch die Tatsache, dass er atmet. Er scheint so nah zu sein, aber doch so fern.

Während die Leinwand dieselbe Farbe wie der Rest des Raumes annimmt, kommt tatsächlich ein raues „Danke", über Micahs Lippen. Der Rest bleibt Teil meiner Fantasie. Jeder Moment, wenn sich auch nur unsere Schultern streifen, ganz zu schweigen von den Abenden, in denen ich in seinen Armen eingeschlafen bin ... es wirkt jedes Mal wie der Anfang und das Ende von etwas.

»Sie starren.« Ich befürchte, schon aufgeflogen zu sein, bis mir die Blicke der Mitarbeiter auffallen. Es scheint wohl doch ungewöhnlich zu sein, verkleidet ins Kino zu gehen. Auch an Halloween. Seltsamerweise macht es mir nichts aus, was die anderen über meine verkleidete Gestalt denken. Sie kennen mich nicht, ich kenne sie nicht. Außerdem bin ich nicht allein; somit teilt sich die Scham auf zwei auf und wird zu einem kitzelnden Hauch, der uns nur zum Lachen bringt. Über was? Keine Ahnung. Wahrscheinlich über uns. Das, was zählt, ist die Zeit, die wir miteinander verbringen. Selbst wenn mir das Lachen bald vergeht. Die Arbeit, und vor allem der Gedanke an den Keller würgt es ab. Wenigstens hat Micah beschlossen, mich dorthin zu begleiten. In den letzten Wochen hat es sich als ziemlich hilfreich erwiesen, ihn an meiner Seite zu wissen. Innerhalb sowie außerhalb der Arbeit. Es ist nun exakt 20:00 Uhr. Die Zeit, wo die ersten Betrunkenen umhertorkeln. Für gewöhnlich beginnt meine Schicht schon um 17:00 Uhr. Ich kann mich jedoch mit Hilfe meines Soziallebens, an welchem meine Chefin wohl sehr interessiert ist, hinausreden.

Und nun stehe ich erneut hier, vor meinem Leben, und frage mich, wieso ich hierher gezogen bin. Von all den Kontinenten und Städten, warum ausgerechnet hier? Es war im Grunde die Nähe zum Land und der Zwang, in die Universität zu gehen. Doch noch kein einziges Mal wollte ich zurück. Vielleicht habe ich einfach Angst, dass das, was einmal war, das Schöne, nicht mehr existiert. Als wäre dieses Band, welches mich an Oklahoma gebunden hat, gerissen. Heißt das, dass ich jetzt frei bin? Das ich alles machen kann? Denn irgendwie fühlt es sich nicht im Geringsten so an.

»Ist alles in Ordnung?«, fragt Micah mit aufrichtiger Besorgnis in der Stimme.

»Diese Frage beantwortet doch kein Mensch ehrlich. Meist wird sie nicht einmal ehrlich ausgesprochen. Also ja, mir geht es gut.«

»Und die ehrliche Version?«, hakt er weiter nach.

»Das wäre eine komplizierte Erklärung mit viel zu vielen Nebengründen.« War das zu direkt?

»Versuche es. Ich werde mein Bestes geben, es zu verstehen.« Es interessiert ihn wohl wirklich.

»Die Kurzfassung? Viele Menschen, die den Anschein machen, mich erdrücken zu wollen.«

»Ich bleibe an deiner Seite«, quittiert er. Und ich glaube ihm. Einfach so.

»Ich weiß«, gebe ich zu. »Danke.«

Die tiefen Bässe pressen an meinen Ohren und jagen mir bei jedem neuen Satz einen Schrecken ein.

»Bleib du hier, ich bin gleich wieder da«, schreie ich zu Micah hinweg über die laute Musik.

Die erfrischende Nachtluft legt sich wie eine Decke auf meine nackte Haut. Die zwei Bäume vor dem Café tanzen in dem sanften Wind, während die Blätter an den Ästen die passende Melodie erklingen lassen. Das wilde Blätterrascheln wandelt sich in ein wunderschönes Lied. Und genau diese Wandlung muss ich ebenso in den donnernden Bässen im Keller wieder erkennen. Nur wie könnte das alles in ein angenehmes Musikstück übergehen? Dafür ist die Musik viel zu laut, viel zu hart.

Irgendwie schaffe ich es jedoch, den Klang meiner Umgebung zu ignorieren. Selbst das Getümmel um mich herum verschwimmt langsam. Auch wenn ich dabei ein klein wenig Hilfe bekomme. Einerseits meine Müdigkeit, aber auch Micah, der sich zu mir an die Bar setzt und mich ablenkt.

Ich bin gerade dabei Wodka, Tomatensaft und etliche andere Zutaten, welche man für den perfekten Bloody Mary braucht, zusammenzumengen, als er seinen Blick abwendet, um ihn über die Leute schweifen zu lassen.

Schwitzende Körper, die sich versammeln, um in einem fremden Gebäude auf die Tanzfläche zu gehen, um zu springen zu schreien und sich volllaufen zu lassen. Das wäre zumindest meine Beschreibung für deren Tätigkeit. Weitere Gehirnzellen zu töten. Das war alles. Irgendwie wünschte ich mir, meine Meinung über diese Menschen würde sich weniger herablassend anhören. Doch so sehr ich mich bemühe, meine Meinung bleibt gleich. Vermutlich müsste ich »feiern« erst einmal ausprobiert haben, um darüber urteilen zu können. Vielleicht bedeutet es Spaß, sein Gehirn für eine Nacht zu verlassen. Etwas Derartiges wünsche ich mir jede Nacht, dennoch sehe ich den Alkohol nicht als korrekte Lösung. Vielleicht wäre es der einfachste Weg, aber garantiert nicht ein für mich bestimmter.

»Meine Schicht ist gleich zu Ende«, teile ich ihm mit. »Wenn du willst, kannst du gehen.«

»Wenn es dir recht ist, würde ich dich gerne nach Hause begleiten«, schmunzelt er. Darauf bedacht, mich nicht zu bedrängen.

Mit einem Nicken bestätige ich seinen Wunsch. »Natürlich nur, um sicherzugehen, dass du unbeschwert ankommst«, grinst er, während er die letzte Flasche Wodka zurück ins Regal stellt.

Danach füllen sich unsere Lungen erneut mit kalter Nachtluft. Die Anzahl der Kunden hat sich wieder auf drei Personen eingeschränkt, wie zu Beginn. Mit dieser Menge würde Cherry allein klarkommen. Außerdem hat der Keller nur noch drei Minuten geöffnet.

»Danke für die Begleitung. Ab hier wird mir nichts mehr passieren, denke ich.« Mein Mund spricht genau das Gegenteil von dem, was ich eigentlich zu sagen hätte.

*Bitte geh nicht. Bleib bei mir. Für immer.*

Das wäre die Wahrheit. Dennoch gleitet er nach unserer Umarmung aus meinen Händen und verschwindet hinter der Ecke. Nur noch sich entfernende Schritte sind zu hören. Daraufhin ist es, als wäre er nie hier gewesen. Aus den Augen und dennoch nicht aus dem Sinn.

# Kapitel 8

## Micah

Mitten in der Nacht öffnet sich die Wohnungstür. Ich liege seit Stunden nur in meinem Bett und starre an die weiße Decke über mir, da ich keinen Schlaf finde. Ich versuche, mich von meiner Bewerbung an der Oxford University abzulenken, was mir jedoch nicht recht gelingen will.

Anscheinend war Derek erst vorhin nach Hause gekommen. Ich höre nervöse Schritte, welche immer wieder auf und ab gehen. Kurz sehe ich den Schatten seiner Füße unter meiner Tür hindurch. Er versucht, an meiner Tür zu klopfen, lässt seine Faust jedoch nur geräuschlos auf dem Holz aufkommen, um sie wieder senken zu können. Als hätte er es bereut. Mit einem lauten Seufzer schlage ich die Decke zur Seite, um in Dereks erstarrtes Gesicht zu blicken.

»I-Ich wollte dich nicht wecken«, stammelt er.

»Was brauchst du?«, überspringe ich das Unwichtige und gehe auf sein auffälliges Verhalten über.

»Ich habe ein Date!?«, platzt es nun aus ihm heraus. Ganz überzeugt davon wirkte er allerdings nicht.

»I-Ich kann das nicht allein.«, spricht er weiter. Derek fixiert seinen Blick nur auf den Fußboden. Starr, als würde er nachdenken. »D-Du musst mitkommen. Bitte!«, bettelt er weiter. Ich bin gerade im Begriff ein stures »Nein« von mir zu geben, als Derek seinen besten Hundeblick aufsetzt. Zwar sieht er dabei aus wie ein trotziges Kind, das immer alles haben muss, aber gleichzeitig zeigt er damit, wie viel Hilfe er braucht. Meine Entscheidung ist aus purem Mitleid.

»Na gut. Aber wir sitzen keine zwei Stunden in einem Restaurant und schweigen uns an.«

»Nein, ein Doppeldate, du Blödmann. Ich frage sie gleich«, teilt er mir euphorisch mit. Meine Zustimmung war ein großer Fehler. Ich höre noch bei seinem Telefonat, wie er dem Mädchen klarmacht, wie leid ich ihm tue, weil ich ganz allein ohne Freundin bin, und danach das Doppeldate vorschlägt. Er verhält sich wie ein Kind zu Weihnachten. Euphorisch, aufgeregt, glücklich, … und auf jeden Fall zappelig.

Zehn Stunden später wache ich aus meinem ungewöhnlich langen Schlaf auf. Von drei Uhr morgens bis 13:00 Uhr habe ich durchgeschlafen. So verkürzt sich mein Tag und verschiebt meinen Morgenspaziergang. Nachmittags ist der Park um einiges lauter. Kinder kreischen und der Verkehr tobt auf den Straßen, wie er es nur um diese bestimmte Zeit tut. Dennoch vergeude ich eine unangenehme Stunde auf der Parkbank. Danach verfolge ich meine übliche Route weiter, bis hin zu dem Café. Dort werden meine Erwartungen jedoch enttäuscht. Anders als sonst streckt sich mir beim Betreten des Ladens eine gähnende Leere entgegen. Kein Lächeln von Ophelia. Als ich nachfrage, heißt es, sie hätte sich heute freigenommen. Gerade als ich über ihren Standort nachdenken will, brummt es in meiner Hosentasche. Nichtsahnend sehe ich auf den Bildschirm meines Handys. *Ich wurde angenommen.* Ich kann nach Oxford. England. Ich kann weg. Nur heißt *weg* auch, Ophelia zurücklassen zu müssen. Vielleicht wäre es besser, die Nachricht vorerst zu ignorieren. Und doch fühlt sich die Entscheidung, Oklahoma zu verlassen, richtig an. Nur wieso? Bevor ich nach einer Antwort auf eine Frage suche, die unerklärbar ist, lege ich meine Gedanken zur Seite. Dennoch steht der Name, Ophelia, den ganzen Weg lang in Großbuchstaben in meinem Gehirn. Irgendwann komme ich erneut zu Hause an. Begrüßt werde ich von dem gestressten Gesichtsausdruck von Derek.

»Wo warst du?! Es ist 16:00 Uhr! Wir kommen zu spät!« Im nächsten Moment wird mir mein schwarzer Anzug mit Hemd und Krawatte in die Hand gedrückt.

»Warum hast du nicht gesagt, dass das heute ist? Moment … du warst an meinem Kleiderschrank?« In diesem Moment kann ich nichts so ganz realisieren. Meine Klamotten werden achtlos aufs Bett geworfen und gleich darauf Anzug, Krawatte samt Hemd und Hose an die Brust gedrückt. Wäre Dereks Nervosität weniger ablenkend, hätte ich ihn längst wegen seines unerlaubten Benutzens meines Kleiderschranks angebrüllt. Dafür sollte jedoch später noch genügend Zeit sein. In wenigen Sekunden haben wir es geschafft, mich in einen Anzug zu stecken, die Treppen hinunterzulaufen und in den Wagen zu steigen. Alles geschieht so schnell, dass wir sogar noch pünktlich vor dem Restaurant erscheinen. Ich öffne gerade die Autotür, als ich augenblicklich in ein genauso besorgtes Gesicht blicke, wie Dereks vor Kurzem ausgesehen hat. Allerdings strahlt dieser im Moment über beide Ohren hinaus. Er steuert direkt auf die etwa 20-Jährige zu. Als sie ihn bemerkt, strahlt sie ebenso wie er. Irgendwie ... *niedlich*. Sofort als wir bei ihr stehen bleiben, beginnt sie sich zu rechtfertigen. Offensichtlich wurde ihre – beziehungsweise meine – Begleitung ebenso spärlich über diese Sache informiert wie ich.

»Sollen wir auf sie warten?«, fragt Derek. »Ich denke, das ist nicht länger nötig«, freut sich die Unbekannte. Ich höre, wie laufende Schritte sich hinter mir nähern. Neugierig drehe ich mich um. Und wie mein klischeehaftes Schicksal es möchte, blicke ich direkt in Ophelias Gesicht. Auch sie hat mich hier wohl nicht erwartet. Das vermittelt mir jedenfalls ihr erstaunter Gesichtsausdruck. Dennoch werden wir erneut einander vorgestellt.

»Micah, das ist Amelias Freundin Ophelia. Ophelia, das ist Micah«, hilft mir Derek auf die Sprünge. Wir beide treten nach unserer Begrüßung, immer noch überfordert, hinter den beiden ins Restaurant. Stillschweigend setzen wir uns zu den anderen an den Tisch und lauschen deren Gesprächen. Unbemerkt lehne ich mich nach vorne zu Ophelia.

»Du siehst übrigens umwerfend aus in diesem Kleid«, flüstere ich. Sofort schießt ihr, ohne dass sie irgendetwas dagegen tun kann, die Röte ins Gesicht. So peinlich das vermutlich für sie ist ... es lässt mein Herz auf unerklärliche Weise schneller schlagen. Noch mehr als es dieses dunkelrote, enganliegende Stück Stoff tut.

»Der Anzug sieht auch nicht so schlecht aus. Erinnert mich ein wenig an einen Pinguin«, lacht sie. »Er sieht wirklich stattlich aus.«, hängt sie mit Überzeugung an, um ihre Absicht zu verdeutlichen. Das ist nach einer halben Ewigkeit das letzte Mal, dass sich Ophelia am Gespräch beteiligt. Wenn wir lachen, lacht sie auch. Und sonst scheint sie in einer anderen Welt zu sein. Freude hat sie allerdings nicht.

# Kapitel 9

## Ophelia

*5 Minuten*
*10 Minuten*
*15 Minuten*

Wie lange würde das hier noch dauern? Belanglose Gespräche führen. Wir füllen unser Leben einzig mit Nichtigkeiten. Small Talk wird doch nur geführt, um … na ja, um eben etwas zu sagen. Gleichgültig, ob es einen interessiert oder nicht. Seit dem Betreten des Restaurants versuche ich mich irgendwo in das Gespräch mit einzubringen. Amelia erzählt gerade von ihrer heutigen Literaturstunde. Sie hält einen Vortrag über die englische Literatur von Harry Potter. Sie meint, es sei das einzige Buch, das sie mit englischer Literatur verbindet. Irgendwie macht sich hier mein Mund selbstständig.

»Ich bin immer noch ein Fan von Stolz und Vorurteil. Mir gefällt diese besondere Verbindung zu der Vergangenheit, und …« Gegen Ende werde ich immer leiser, nur um alles mit einem »ist egal« zu beschwichtigen. Ich lausche erneut den anderen bei ihren Gesprächen, während ich unsicher auf meine Hände blicke, zwischendurch aufsehe, um die Mimik der anderen zu studieren, und meinen Blick wieder senke. So wie immer. Auf meinen »Ausrutscher« wird nicht weiter eingegangen.

Fertig mit dem Essen, wird uns noch ein hochwertiger Wein auf Kosten des Hauses eingeschenkt. Für gewöhnlich würde ich Alkohol nicht angreifen, doch hier und jetzt scheint es passend zu sein. Ich greife nach dem Glas, um beschäftigt zu wirken. Auch den Gesprächen höre ich aufmerksam zu. Wenn auch ohne Interesse. Ich sehe weder neben mich zu Amelia noch zu Micahs Freund Derek. Genauso versuche ich auch nicht zu Micah zu sehen. Dennoch bemerke ich, wie er mich immer wieder mustert, sich dann aber wieder den anderen beiden widmet. Er hebt seine Hand, um auf die Uhr zu blicken. Gleich danach erhebt er sich von seinem Platz.

»Ähm, es ist schon spät. Danke für die Einladung, Derek, aber ich bin schon ziemlich müde«, verabschiedet er sich. »Ähm, Ophelia. Ich habe gehört, deine Wohnung ist in Nähe der meinen. Soll ich dich denn nach Hause begleiten?« Ich brauche einen Moment, um zu realisieren, dass er mir soeben die Chance gegeben hat, mich aus meinem Leid zu befreien. Seine plötzlich so übertrieben höfliche Ausdrucksweise war etwas ... ablenkend.

»Sehr gerne!«, nehme ich seine Aufforderung an. Mit einem kurzen »Bye« und mit bezahltem Essen lassen wir die beiden zurück. Befreit von sinnlosen Konversationen.

»Danke«, hauche ich. »Es war mir ein Vergnügen, Miss ...«

»Hilton«, fülle ich die Lücke in seinem Satz.

»Und mit wem habe ich das Vergnügen?«, erkundige ich mich.

»Hanson. Micah Hanson« gibt er als Antwort und imitiert dabei James Bond. Schon komisch, dass wir uns nie nach unseren Nachnamen erkundigt haben. Es schien egal zu sein.

»Nun, Miss Ophelia Hilton. Ich habe bei unserem Fluchtplan leider vergessen zu bedenken, dass ich kein Auto besitze. Wenn du willst, kann ich dir einen weiteren Ort hier zeigen«, gesteht er.

»Dieses Angebot nehme ich nur zu gerne an.«

Wieder einmal befinden wir uns nachts draußen. Wieder einmal führt er mich zu einem unbekannten Ort. Und wieder folge ich ihm blind, ohne jegliche Bedenken.

Ich wollte ihn fragen, weshalb er heute Nacht bei diesem Doppeldate war, obwohl ich mir die Antwort selber zusammenreimen konnte. Es wäre nur eine Ausrede, um seine Stimme zu hören. Amelia und ich wollten uns heute treffen, als sie mir plötzlich von Derek erzählte. Ehe ich mich versah, wurde ich gezwungen, ihre Begleitung zu sein. Irgendwie ... *niedlich*, wenn man bedenkt, dass die beiden dieselben Ideen haben, sich gegenseitig überglücklich ansehen und dennoch zu schüchtern sind, alleine auf ein Date zu gehen. Amelia und Derek. Irgendwie passt das einfach.

Nach stundenlangem Bergauf wandern, bleiben wir stehen. An meinen Füßen spüre ich bereits die ersten Blasen. Wer hätte gedacht, dass ich mit High Heels einen Berg hinaufwandern kann. Wer hätte überhaupt gedacht, dass ich jemals *freiwillig* hohe Schuhe anziehe.

»Schau gerade nach vorn«, spricht Micah mit seiner rauen Stimme. Wieder tue ich, was er sagt. Und wieder werde ich überwältigt. Vor meinen Augen erstreckt sich ein riesiger Teppich mit nichts außer den Sternen als Lichter. Sofort scheinen meine Schmerzen irrelevant.

»Nur in der dunkelsten Nacht leuchten die hellsten Sterne.« Mein Blick haftet sich an diesen Ausblick. Von hier möchte ich nie mehr weg. Es ist genau wie damals. Nur die Sterne, der Mond. Ich.

Zu gerne würde ich Micah Danke sagen. Doch ein einfaches „Danke" könnte meine wirkliche Dankbarkeit nicht ausdrücken. So entscheide ich spontan, ihn einfach nur zu umarmen. War diese Entscheidung gut oder schlecht? Denn eine Reaktion erkenne ich nicht. Wir setzen uns einfach an die steile Kante, wo es tief bergab geht, und sehen in den Himmel.

»Wie ist es möglich, dass wir immer nur über mich gesprochen haben? Ich will mehr von dir wissen, Micah Hanson«, platzt es unüberlegt aus mir hervor.

»Was willst du denn wissen?« Nach einigen Fragen gebe ich es auf, irgendetwas Persönliches über ihn zu erfahren. Da war nur noch eine einzige Sache.

»Warst du es auf der Straße? Der, der vor meiner Wohnung in den Himmel gesehen hat?«, frage ich tief in Gedanken.

»Ja«, gibt er als klare Antwort zurück. »Was hast du gesucht?«

»Kann ich dir nicht sagen.« Seine Stimmlage verrät mir eindeutig, dass es ihm weh tut, mir etwas zu verheimlichen. Es ist okay, dass er mir das nicht sagt. Irgendwann werde ich meine Antwort bekommen. Wenn er bereit dazu ist.

Die Herbstluft kühlt mit einem Mal ab. Ich beginne zu zittern. Augenblicklich legt Micah mir sein Jackett über die Schultern. Doch anders als in diesen klischeehaften Romanzen lehne ich es ab. Von hier aus ist es nicht weit zu meiner Wohnung. Ich werde schon nicht erfrieren.

»Weißt du, während du aus dem Restaurant regelrecht geflüchtet bist, habe ich noch ein kleines Geschenk bekommen.« Eine schwarze Flasche mit rotem Hals und edlem Etikett erscheint in seiner Hand. »Vielleicht wärmt der ein wenig von innen.« Ich hatte bereits Alkohol intus und egal wie unverantwortlich und untypisch es von mir ist, ich nehme den Alkohol an. Nur heute. Ein einziges Mal. Eine Ausnahme. Die Flasche wird geöffnet und wechselt zwischen uns hin und her, bis sie leer ist. Mit jedem Schluck wird einer meiner Gehirnzellen geschädigt. Unverantwortlich. Untypisch. Leichtsinnig. Für den Moment, das beste Gefühl meines Lebens. Ich kenne die Risiken, die Folgen, alles. Dennoch war das Wort „Ausnahme" eine gute Ausrede in diesem Moment. Mein Gehirn scheint sich nicht mehr konzentrieren zu können. Alles, was ich tue, liegt nicht mehr in meiner Macht. Ich habe keine Kontrolle mehr.

Langsam setze ich den ersten Schuh auf den schlammigen Boden und folge Micah, welcher ohne Bedenken strikt nach unten geht. In dem Moment, als er sich zu mir umdreht, rutscht mein Schuh aus dem gesetzten Loch, welches ich unbemerkt mit dem Stöckel grabe, heraus. Ich falle direkt nach vorne in Micahs Arme. Er fängt mich sanft auf und trägt mich ohne ein weiteres Wort den Abstieg hinunter. Als ich abgesetzt werde, zögere ich nicht lange und ziehe die Schuhe einfach aus. Eine leichte Blutspur zeichnet sich im Inneren der High Heels. Nie wieder zwinge ich mich selbst in solche Dinger. Der kalte Asphalt und frierende Zehen sind immer noch besser als diese Schmerzen.

Wir folgen dem Weg nach Hause. In meine Wohnung. Ich kann nichts wirklich erkennen. Meine Sicht ist verschwommen. Ich lasse mich einfach von dem leiten, was gerade Kontrolle hat. Von dem Wein. Wie bei einer meiner Panikattacken höre ich nur meinen Atem. Alles gedämpft. Nichts wirklich deutlich. Aber der entscheidende Unterschied ist, dass es sich gut anfühlt. Wie gelähmt fahre ich durch Micahs schwarzes Haar, nur fixiert auf seine Augen, wobei ich ihm gefährlich nah komme. Er schließt die Augen, öffnet sie wieder, befeuchtet seine Lippen, um sie gleich darauf fest aneinanderzupressen. Auch er hat bereits getrunken, hat aber dennoch mehr Gehirnmasse in diesem Moment als ich. Ein wenig. Mit einer unerwarteten Bewegung spüre ich, wie er seine Hände an meine Hüften legt. Ganz vorsichtig. Sanft. Als würde ich jeden Augenblick zerbrechen. Ich spüre, dass er mich wegdrücken möchte, und zugleich ist er es, der die letzten Zentimeter zwischen uns überbrückt. Meine Hände lege ich an seine Brust, während ich mich dem Kuss hingebe. Irgendwann wandern seine Lippen weiter meinen Hals herab. Es fühlt sich unendlich gut an. Meine Arme legen sich gelassen um seinen Nacken, während seine Lippen meinen Hals mit Küssen bedecken. So viel Wärme habe ich noch nie gespürt. Nichtsdestotrotz verlässt mich das Gefühl bald wieder.

Was das nur ein Traum?

# Kapitel 10

## Der nächste Tag

*Was. Ist. Gestern. Passiert?*

# Kapitel 11
## Micah

*Fuck!*

Auch das letzte bisschen Vernunft in mir setzt aus. Ich küsse sie. Es fühlt sich einfach richtig an, Ophelia in meinen Händen zu haben. Sie zu spüren. Dennoch breche ich nach viel zu langem Warten ab. Sie kann noch nicht einmal mehr gerade stehen.

Es ist falsch. Sie ist betrunken. Ich bin betrunken.

Somit hebe ich sie auf, lege sie auf ihre Couch und decke sie zu. Zum Schluss lege ich ihr eine Aspirin auf das Tischchen, daneben ein Glas Wasser, auf den Boden stelle ich einen Eimer und gehe. Ich lasse sie einfach allein und gehe in meine Wohnung. Derek scheint noch nicht zu Hause zu sein. Ich steige unter die Dusche und versuche mal wieder, meine Fehler wegzuspülen. Doch sie haften einfach auf mir. Es geht nicht weg. Ich habe ihr Wein gegeben. Sie geküsst und allein gelassen. Verzweifelt suche ich in einer meiner Laden nach einer Zigarette. Eine weitere Sünde und zugleich das Einzige, was mich jetzt noch beruhigen könnte. Auf dem Balkon stecke ich sie mir in den Mund und zünde sie an. Der Rauch verbreitet sich allmählich in meiner Lunge. Die Wut auf mich selbst schwindet langsam, doch die Trauer bleibt. Ich breche auf dem Boden zusammen, immer noch mit der Zigarette im Mund, während stille Tränen meine Wangen hinunterlaufen. Immer noch möchte ich Ophelia einfach bei mir haben. Aber es war ein Fehler, sie abzufüllen, sie zu küssen und dann zu gehen. Ich will diesen Kuss schon so lange. Ich wollte, dass es etwas Besonderes wird. Dafür ist es nun zu spät. Es war ein Kuss verbunden mit Schmerzen und Fehlern. Wäre ich einfach bei meiner Überraschung geblieben. Hätte ich nicht so auf diese Frage reagiert. Hätte ich die Flasche zu gelassen. *Hätte, wäre, könnte.* Tja, passiert ist passiert. Und ich muss lernen, mit den Folgen klarzukommen. Eine Entscheidung bringt immer Folgen mit sich. Ob gut oder schlecht, es liegt an mir, jetzt damit fertigzuwerden. Statt klar zu denken, begehe ich den nächsten Fehler und zünde mir so ein scheußliches Ding an. Dennoch lasse ich zu, dass immer mehr Rauch in meine Lunge kommt. Ich weiß, wenn ich mir sagen würde, dass es nur diese eine Zigarette ist, würden es nur immer mehr werden. Eine Zigarette kann mich zurück in alte Gewohnheiten bringen.

»Du rauchst? Seit wann?«, höre ich Dereks entsetzte Stimme.

»Seit wann bist du zurück?«, ignoriere ich seine Frage gekonnt.

»Was ist passiert? ... Ihr beide kennt euch, oder?« Stille. »Du musst nicht reden, aber ich sehe, dass deine Augen rot sind.« Versucht er etwa, mit mir eine Therapiestunde zu machen? Mit einem enttäuschten Seufzer geht er wieder zurück. Doch vielleicht brauche ich eine Therapie.

»Ich habe sie geküsst«, erzähle ich. »Ich habe ihr Wein gegeben, gewusst, dass sie nicht mehr denken kann, und sie trotzdem geküsst. Und sie dann allein gelassen«, mache ich trocken weiter, während immer mehr Tränen sich still ihren Weg zu Boden bahnen. Wieder nehme ich einen Zug von der Zigarette.

»Das ist alles? Deshalb sitzt du hier und heulst? So etwas würde man von mir erwarten!« Danke, und wo ist jetzt der hilfreiche Rat? »Sie hat den Wein von sich aus angenommen. Es war *ihre* Entscheidung. Da ist noch etwas, was dich bedrückt. Und das ist nicht der Kuss.« Möglicherweise ist es ja die erschreckende Tatsache, dass ich dauerhaft besessen von ihr bin. Dass ich sie dauernd bei mir haben muss. Und da habe ich meine Antwort. Ich kann nicht nach Oxford. Ich brauche Ophelia. Aber zuerst brauche ich Zeit, um zu überlegen, was ich wirklich tun soll. Mein Plan war sowieso gewesen, über Thanksgiving nach Hause zu fahren. Schließlich ist es ein Familienfest. Bis dahin muss ich mich wohl von ihr fernhalten. Ich nehme Ophelia-Entzug. Wir werden sehen, wie weit ich komme.

\*\*\*

## 23. November

Der Zug rattert regelmäßig und lässt eine beruhigende Melodie entstehen. Ich schließe meine Augen und warte auf die mechanische Stimme, welche meine Endstation ankündigen würde. *Buffalo.* Mein Zuhause. Mit nichts außer einem Rucksack verschwand ich aus meiner Wohnung und würde für eine Woche hier, weit weg von allem, bleiben. Ich bin gerade am Wegdriften, als ich mich erheben muss, um meine Station nicht zu verpassen. Schlaftrunken steige ich hinaus auf den Bahnsteig. Begrüßt werde ich von dem bekannten Duft von frischem Rasenschnitt und Einheizen. Sogar hier am Perron verbreitet sich dieser Duft. Um mich herum sind nichts weiter als weite Felder, welche mit dem Wald abschließen. Alles genau wie letztes Jahr. Ich folge dem Verlauf der einzigen Straße, welche zu den Häusern führt. Und doch möchte ich noch nicht zu den Häusern. Etwas abseits von dem Dorf, mitten zwischen den Feldern, liegt der Friedhof. Ebenso umrandet von Wald. Kein Zaun, keine Tür. Nur eine Wiese mit Grabsteinen. Vergrabene Leichen. Eine davon mein Vater. Seit seinem verfrühten Tod ist es, als würde er mein Schutzengel sein. Er ist immer bei mir. Hilft mir bei meinen Entscheidungen. So sehr ich gelernt habe, ihn nicht in seiner Gestalt sehen zu können, wird es wohl ewig schmerzhaft bleiben. Zu wissen, seine Stimme nie mehr hören zu können. Dass sie in Vergessenheit geraten wird. Dass er mir nie mehr aufmunternd auf den Rücken klopft. Mir nie mehr sagt, es ist okay, nicht mehr weiterzuwissen. Keine Umarmungen, keines seiner Worte. Keinen Vater mehr zu haben, den man mit seinen Sinnen sehen, spüren und hören kann.

Vor allem heute ist es okay, nicht mehr weiterzuwissen. Der einzige Tag, an dem ich mir erlauben darf, ahnungslos und verloren zu sein. Heute vor einigen Jahren um genau 15:00 Uhr ist er gestorben. Niemand wollte mir sagen, wie oder warum. Ich musste es einfach akzeptieren. Ich stelle meine Kerze zu der anderen, welcher mit einem Windzug das Licht ausgelöscht wurde. Erneut führe ich mein Feuerzeug an den Dolch und bringe beide zum Leuchten. Ich nutze meine freie Zeit und setze mich für einige Minuten in das Gras, um mit ihm zu reden. Über alles. Vom Beginn des Jahres über meine Annahme an der Oxford University und enden tut es wie immer mit Ophelia. Ich bin mir sicher, dass er bereits alles, was ich sage, weiß, denn in meiner Hoffnung begleitet er mich und meine Mutter überallhin. Dennoch tut es gut, ihm nochmal davon zu erzählen. Darüber, welches Arschloch ich bin. Dass ich eine Woche hierher gekommen bin, ohne Ophelia etwas zu sagen. Wir sind nicht zusammen, aber ich wünschte, wir wären es. Ich wünschte, ich könnte hierbleiben, ich wünschte ... es wäre alles einfacher.

Nach einer halben Stunde Reden führe ich meinen Weg weiter ins Dorf. Mit der Abzweigung nach rechts kann ich ziemlich bald das schlichte Haus meiner Eltern erkennen. Keine prächtigen Hochhäuser mit Glas und traurigen Farbtönen. Die Häuser hier hatten allesamt warme Holztöne und wirkten gleich um einiges familiärer. Ein wenig nervös klopfe ich an die Haustür meiner Mutter. Ich höre hinter der Tür, wie sie mit ihrer warmen Stimme „Komme gleich" ruft. Danach ihre kuscheligen Hausschuhe, die hörbar die Stiegen hinunterlaufen. Freundlich öffnet sie die Tür. Sobald sie mich erkannt hat, nimmt sie mich ohne ein einziges Wort in den Arm. Genau wie Ophelia vor einigen Wochen.

»Micah!«, ruft sie erfreut meinen Namen als Begrüßung. »Komm rein. Es ist kalt draußen«, bittet sie mich hinein. »Wie ist es so in der Stadt?«

»Ganz in Ordnung. Ich habe einen ziemlich netten Mitbewohner gefunden. Aber Mum?«

»Oh nein, was ist passiert?« Sie scheint sich sofort Sorgen zu machen. Genau wie ich sie kenne. »Nichts Schlimmes,« beruhige ich sie. »Ich wurde an Oxford angenommen«, erzähle ich ihr zögerlich.

Im ersten Moment scheint sie etwas perplex zu sein. »Das ist hervorragend! Mein Sohn wird nach England ziehen!« Erneut zerrt sie mich in eine feste Umarmung.

»Eigentlich, Mum ...«, unterbreche ich ihre Freude. »Ich bin mir nicht so sicher, ob ich das tun soll.«

»Ein Mädchen?« Wie ich diesen Mutterinstinkt hasse. »Es ist ziemlich kompliziert ...«

»... und du willst nicht darüber reden. Verstehe. Aber Ende der Woche werde ich dich schon dazu kriegen.« Das werden wir sehen.

Meinen Rucksack stelle ich in meinem alten Zimmer ab. Sie hat nichts verändert. Immer noch hängen Poster von Bands wie Arctic Monkeys, Nirvana und Maroon 5 an den Wänden. Auf meinem Schreibtisch herrscht auch noch das Chaos, genau wie ich es zurückgelassen habe. Nicht zu vergessen meine PS4 und der Fernseher. Sie werden auf ewig das beste Geburtstagsgeschenk sein, das ich je bekommen habe.

»Hey, Micah! Ich bin für morgen bei Freunden eingeladen. Willst du mitkommen oder hast du anderes zu erledigen?«, erkundigt sich meine Mum.

»Ich begleite dich gern.«

Der Duft von dem Truthahn verbreitet sich im ganzen Haus. Auch der Kürbiskuchen steht bereits fertig auf dem Tisch. Fehlen nur noch die warmen Brötchen und schon ist das Thanksgiving-Essen komplett.

Die Sonne ist bereits am Untergehen. Ich bin extra früh aufgestanden, um den ersten Zug zu bekommen. 19 Stunden saß ich in dem Zug, um so spät nach Hause zu kommen. Aber es ist nie zu spät, solange ich zum Abendessen da bin. Frisches, warmes Essen von meiner Mutter, wie ich das vermisst habe! Irgendwie merkt man erst, wenn man weg ist, was zuhause bedeutet. Meine ganze Kindheit fand in diesem Gebäude statt. Die Poster an meinen Wänden, meine PS4, die ich jedes Mal nach der Schule auspackte – von meinem 10. bis 18. Geburtstag. Die Küche, in der ich Tag für Tag meiner Mutter beim Kochen zusah. Das ganze Haus bringt mit der Zeit so viel Magie mit sich. Magie ist eigentlich nur ein anderes Wort für all die Erinnerungen. Selbst die schlechten zählen rückblickend dazu. Alle außer na ja ... die, die nach dem Tod meines Vaters geschahen. Dem

Tod kann man nicht aus dem Weg gehen, genauso wie man den Schmerz, den er verursacht, nicht verhindern kann. Mum war ebenso mitgenommen wie ich.

*Ich will dich als Ehemann, den Gott mir anvertraut hat, lieben und ehren und die Ehe mit dir nach Gottes Gebot und Verheißung führen. In guten und in schlechten Tagen, bis dass der Tod uns scheidet.*

Dieses Versprechen hatte sie bei ihrer Hochzeit gegeben. Dieses Versprechen wollte sie halten, bis sie gemeinsam grau und alt wurden. Dennoch war Dad gestorben. Und ich weiß nicht einmal, warum. Trotz dem ganzen Schmerz war Mum schlau genug, stark genug und machte weiter. Auch wenn sie daran zerbrechen würde.

Ich habe die falsche Entscheidung getroffen. Den einfachen Weg gewählt. So wie ich es immer tue. Mich selbst bemitleidend machte ich alles, nur nicht das, was mir noch mehr Schmerzen erspart hätte. Gleichzeitig trieb es mich nur immer mehr in die ganze Sache hinein. Mein altes Zimmer verwandelte sich in den folgenden Monaten in mein Territorium. Ich habe mich selbst eingeschlossen. Nur nachts schlich ich mich nach draußen, um weitere Zigaretten zu holen. Sie wurden zwar zur Sucht, doch sie waren mein einziges Schlafmittel. Sie beruhigten mich. Wenn ich schlafen konnte, träumte ich immer von Ophelia. Zu dem Zeitpunkt war ihr Name eines der Dinge, die ich herausfinden wollte. Allerdings war das größte Ziel immer noch sie vom Weinen abzuhalten. Sie zu trösten, ihr zu helfen wieder aufzustehen. Gleichzeitig war sie auch diejenige, die mich zum Aufstehen brachte. Sie führte mir vor Augen, dass es guttut, jemandem zu helfen. Doch irgendwann hörten die Träume auf. Somit auch meine Ablenkung von all dem Grauen um mich. Ich zog in die Stadt und nach zwei Jahren dort sah ich Ophelia das erste Mal wieder. Mit ihrem Gesicht verdeckt, bewusstlos am Gang, der zu den Toiletten führte. Augenblicklich wusste ich, wer sie ist. Ihr Name war mir auf unerklärliche Weise eingefallen. Dieses Szenario hatte mich dermaßen verwirrt. Ich dachte, sie würde mich ebenso kennen und doch schien ich ihr teils fremd. Meine Stimme hatte sie erkannt. Das konnte sie nicht verstecken. Jedenfalls war das damals eine schwere Zeit. Von dem Moment, als ich sah, was für einen Riesenfehler ich gemacht habe, wie sehr ich meine Mutter mit allem, was ich getan hatte, verletzt habe, schwor ich, es nie mehr so weit kommen zu lassen. Dennoch bin ich wieder hier. Kurz davor es wieder so weit kommen zu lassen. Diesmal war Ophelia ein Grund dafür. Halt! Nein! Es war ganz allein meine Dummheit. Sie konnte nichts dafür. Ich habe all das gemacht. Ich habe die Kontrolle über mich selbst verloren. Es ist alles meine Schuld. Nur Mum scheint mich jetzt noch aufbauen zu können. Dafür müsste ich mich allerdings einmal dazu kriegen, mit ihr zu reden.

# Kapitel 12

## Ophelia

Ich wache auf.

Ich gähne.

Ich bin wieder in meiner Endlosschleife.

Ich denke an Micah. An die vergessene Nacht. Augenblicklich rinnt mir eine ungewollte Träne die Wange hinunter. Was würde ich tun, um meine Fehler rückgängig zu machen! Um mein Gedächtnis wiederzubekommen. Was ist passiert, dass er eine Woche Abstand von mir nimmt? Ohne etwas zu sagen. Vielleicht ist er gegangen. Vielleicht passiert gerade genau dasselbe wie damals. Irgendwann werde ich alleine gelassen werden. Und dieses Irgendwann könnte seit letzter Woche sein. Ich will ihn sehen. Mich wenigstens verabschieden. Ein letztes Mal dieses Gefühl von Sicherheit spüren. Doch nein. Er verschwindet einfach.

Die Klingel läutet. Mit einem unmotivierten Brummen setze ich den ersten Fuß vor das Bett. Amelia möchte sich heute mit mir treffen. Sie weiß immer noch nichts von meiner Bekanntschaft mit Micah. Ich lasse sie im Ungewissen, während sie mir von ihrem gelungenen Abend vorschwärmt. Sie mag diesen Derek. Weshalb sie auch möchte, dass ich mich ebenso mit ihm verstehe. Soweit ich weiß, ist er ein Psychologiestudent, der eine Besessenheit für Videospiele hat. Ein kleiner Nerd. Trotzdem größer als Amelia.

»Hallo, Morgenmuffel. Es wird Zeit, das Wochenende zu genießen.« Wie kann man so motiviert sein? Ich habe nach einer Woche immer noch das Gefühl, einen Kater zu haben. Am Morgen hatte ich ein wenig mehr Erinnerung zurückerlangt, als ich eine halbe Ewigkeit vor der Toilette gesessen bin und mich übergeben habe. Sie und Derek schienen nur leicht angetrunken zu sein. Ohne folglich auftretende Schäden.

»Komm herein«, bitte ich sie. Ich kenne Amelia inzwischen seit circa zwei Monaten. Irgendwie komisch, so schnell eine derartige Verbindung aufgebaut zu haben. Ein Essen bei McDonalds schweißt eben doch zusammen.

»Bist du endlich bereit, über Dereks Mitbewohner Micah zu sprechen?«, fragt sie mich unerwartet. »Ich sehe, dass du an ihn denkst.« Stille. »Kleines, wenn du darüber nicht reden willst, ist das okay. Aber denke ja nicht, ich wäre blind.«

Das ist alles, was sie zu sagen hat. Danach mache ich mich nur noch fertig und lasse mich von den Gesprächen zwischen Derek, welcher vor meiner Wohnung warten musste, und Amelia berieseln. Ich fühle mich ein wenig wie eine Aussätzige. Nicken, lächeln, wieder nervös mit meinen Händen spielen. Immer und immer wieder. Amelia ist im Großen und Ganzen eigentlich eine gute Freundin, doch ich verstehe nicht, weshalb sie mich tagtäglich aus meiner Komfortzone holt. Nun ja, vielleicht brauche ich das ja. Nichts passiert schließlich ohne Grund.

»Ich hole uns schnell drei Kakaos von dort drüben. Bin gleich wieder da«, teilt uns Amelia mit. So werde ich mit einer fremden Person zurückgelassen. Sie scheint wohl wirklich zu wollen, dass ich mich mit ihm unterhalte. Ich möchte mit einem „Aber" protestieren, doch da hat sie sich bereits umgedreht und ist davongerannt. Also ... was jetzt?

»Micah ist zurück nach Buffalo ... weißt du überhaupt, was mit ihm war?«, beginnt er das erste Gespräch, das wir je miteinander geführt haben.

»Ich möchte mich nur ungern über Micah unterhalten.« Nein. Lüge. Große Lüge. Ich möchte Antworten auf jede Frage, die diesen Knoten in meinem Gehirn bildet.

»Versteh' ich ... Ihr beide redet nicht gern. Micah ist oft nicht da. Aber wenn er mal da ist, redet er kaum ein Wort. Eigentlich ja der perfekte Mitbewohner.« Was ist unter »Ich möchte nicht über Micah sprechen« so schwer zu verstehen? Und warum rege ich mich auf, wenn ich es doch wissen will?

»Ja, ich würde nur zu gerne wissen, was passiert ist, dass er ohne sich zu melden einfach abgehauen ist«, meine ich aus dem Nichts. Er will gerade einen Satz beginnen, als Amelia mit drei heißen Tassen Kakao zurückkommt, was ihn aus irgendeinem Grund verstummen lässt. Vermutlich Reflex. Doch das Gesprächsthema wird auch den restlichen Tag nicht mehr aufgegriffen. Micah wird nicht mehr Teil unseres Gespräches. Nicht während des langen Spaziergangs, nicht im Café, in welchem wir uns aufwärmen wollten. Auch nicht jetzt, als wir für Amelias Thanksgiving-Essen einkaufen sind. Ihre ganze Familie kommt heute in ihre Wohnung, nur um Derek kennenzulernen. Und ich werde gezwungen mit einkaufen zu gehen. Hinter den beiden her zu trödeln, während ich wünschte, irgendwo anders zu sein. Egal wo. Ich fühle mich so schwach wie schon lange nicht mehr. So machtlos. Ohne jegliche Kontrolle. Nicht gerade körperlich, mehr geistig. Als hätte alles Schlechte, was die letzten schönen Wochen nicht passiert ist, sich aufgestaut. Um mich mit einem einzigen festen Schlag in die Knie zu zwingen. Irgendwann wird es passieren. Genauso wie Micah irgendwann verschwinden wird. Wenigstens weiß ich jetzt, dass Micah noch da ist. Nicht da, aber nicht einfach spurlos verschwunden. Er ist zu Hause über Thanksgiving. Wie jeder andere auch. Nach dem Einkauf lässt Amelia mich wieder gehen. Zwar nicht wirklich freiwillig, aber sie merkt, dass es mich nur belastet, wenn ich hierbleibe. Somit ende ich wieder allein in meiner Wohnung. Mit Fernseher und warmer Teetasse. Das ist alles, was ich brauche. Allein zu sein ist manchmal weniger einsam, als wenn man unter Leuten ist. Nur die richtigen Leute, die, die dich nicht wie Luft behandeln oder dich anders verletzen, können dir helfen wieder zu leben. Zu sehen, was wirklich relevant ist. Ich möchte mehr von den Tagen haben, wenn die Wärme meines Getränks ausreichend ist. Wenn der Himmel, egal ob mit Sonne, Sterne oder Mond, wie die Unendlichkeit wirkt. Freiheit. Wenn Musik meine Seele berührt und sich einfach das Gefühl von Glück in mir verbreitet. Ich hoffe, ich werde das Gefühl, das Leben zu lieben, wieder spüren. Denn im Moment spüre ich nichts als Kälte. Ich kann den Moment, wenn mir alles zu viel wird, nur hinauszögern. Verhindern kann ich nichts mehr. Mich abzulenken ist Irrsinn, keine Lösung.

Im Moment wirkt die Serie, die ich mir ansehe. Irgendwann lässt es nach. Die Realität wird kommen. Bald. Den ganzen

Abend lang bin ich in meiner Wohnung gesessen und habe all dem frohen Gelächter zuhören müssen. Verzweifelt versuche ich den ganzen Leuten mit ihren Familien aus dem Weg zu gehen. Doch sie übertönen stets die Musik, welche ich über meine Kopfhörer höre. Alle haben jemanden neben sich. Die junge Mutter unter mir hat sich anscheinend mit ihrem Mann versöhnt und führt ihr erstes gemeinsames Essen seit Jahren. Mein Nachbar hat mal wieder Besuch von seiner Familie.

Die Wände in diesem Gebäude sind viel zu dünn. Und die Bewohner viel zu laut. Selbst Micah hat sich wahrscheinlich in diesem Moment mit seiner Mutter und seinem Vater lachend am Tisch versammelt. Amelia stellt wahrscheinlich soeben ihren Freund vor. Ihre Eltern werden ihn mustern und am Ende des Abends zufrieden auf seine Schulter klopfen, mit der Warnung, ihr nicht weh zu tun. Und dennoch wird es ein gelungener Abend sein.

Erstaunlicherweise habe ich es bis zu dem nächsten Abend geschafft. Dem 24. November. Ich merke, wie alles in mir sich verkrampft. Mittlerweile habe ich nicht einmal mehr Kraft zu weinen. Obwohl ich das mehr als alles andere will. Ich möchte weinen, aber nicht das Gefühl haben zu ersticken, wie es immer ist. Ich möchte das Gefühl haben, wenn es aufhört. Befreit zu sein. Früher hat das geholfen, seit Längerem tut es das allerdings nicht mehr. Mit der restlichen Motivation, die ich aufbringen kann, wandere ich durch die anbrechende Nacht. Mit Kopfhörern in den Ohren. Trällernde Musik ertönt und doch ist sie nicht so erdrückend wie der Bass im Keller. Sie hilft mir eher, meine Gedanken in Schach zu halten, anstatt ihre Kiste weiter zu öffnen.

Nichts passiert ohne Grund. Das war alles. Von diesem Satz lasse ich mich leiten. Genau wie der Weg, der mich, ohne dass ich darüber nachdenken musste, durch Oklahoma führt. Keine Ahnung wohin. Weg. Einfach weg. Die erfrischende Nachtluft des Herbstes verwandelt sich zu Frost, welcher sich langsam auf meiner Haut bildet. Zwischendurch kommen einzelne Böen, die mir nur noch mehr Gänsehaut bereiten. Der Duft von den vielen Kürbiskuchen, die in all den Gebäuden auf den Tischen stehen, sammelt sich seit gestern auf den Straßen. Ein süßlicher Duft, der mir ein wenig Hunger macht. Dennoch gehen meine Füße einfach weiter. Die Sonne verschwindet langsam hinter dem Horizont und tunkt den Himmel in rosa, orange und gelbe Töne. Es wird in wenigen Minuten stockfinster sein. Und trotzdem, meine Füße gehen immer weiter. Kein Gedanke nach dem Nach-Hause-Weg wird erkennbar. In meinem Gehirn spielen sich nur die letzten Wochen ab. Mein Zusammenbruch im Keller. Die Erlösung, als ich Micahs Stimme gehört habe.

1... 2... 3... atmen. 4... 5... 6... weitermachen. Um diesen Satz noch einmal zu hören, rufe ich ihn an. Selbst wenn ich nicht erwartet habe, dass der Anruf angenommen wird. Somit lege ich sofort wieder auf. Micah hat mich, bevor er nach Hause ging, immer aufgebaut. Sich mit mir täglich getroffen. Jeden Tag war er mit mir hinausgegangen. Hat mit mir geredet und mir immer zugehört. Der Ausflug zur Brücke. Halloween. Die Abende, die er mit mir im Keller durchgestanden hat. Alles ist so schnell verflogen. Er hat mir gezeigt, wie es ist zu leben. Das Gefühl ist nur nicht geblieben. Und das wird es anscheinend auch nie.

Diese Brücke. Dieser Ausblick von dort.

Dort hat das Gefühl am stärksten begonnen zu wirken. Vielleicht finde ich es wieder. Vielleicht ist es einfach verloren gegangen und wartet darauf, wieder gefunden zu werden. Doch das alles scheint so naiv zu sein. Auf der Brücke hat mein Leben von Neuem begonnen, es hat meine Augen geöffnet. Jedes Ende hat bekanntlich einen Anfang. Aber jeder Anfang hat auch ein Ende. Es fühlt sich an wie das Ende. Das Ende mitten im Buch. Du kannst umblättern. Aber dort sind nichts als leere Zeilen. Hier hat es geendet. Es ist vorbei. Es gibt keine Fortsetzung.

# Kapitel 13

## Micah

Mein Schlaf war ziemlich unregelmäßig. Gestern stand ich erst nachmittags auf und heute ist es immer noch finster draußen, als ich aus meinem alten Bett steige. Man könnte den frühen Morgen mit der Nacht verwechseln. Der Winter ist zum Greifen nahe. Versteckt hinter Jacke, Schal und Haube schleiche ich mich aus meinem Elternhaus. Die Straßen sind ruhig. Das ganze Dorf ist noch am Schlafen. Die Sonne macht sich langsam bereit sie alle aufzuwecken. Die ersten hellen Strahlen erscheinen hinter den Dächern, während der Mond hinter den Wäldern verschwindet. Der Himmel scheint größtenteils gelb zu leuchten, während die Ränder den bekannten Blauton verraten. Und ich gehe dem Sonnenaufgang einfach entgegen. Der Weg, welcher das Dorf in zwei Hälften trennt, schenkt mir einen direkten Blick auf die Sonne. Es sieht so aus, als würde sie mich am Ende des Weges erwarten. Ein einzigartiger Ausblick. Irgendwann mache ich kehrt und schlage die entgegengesetzte Richtung ein. Zu Wald und Friedhof. Richtung Dunkelheit. Doch direkt über mir verfolgt mich das Licht, welches sich bald über das ganze Dorf legen wird. Es würde nicht lange so bleiben.

Es bringt eine gewisse Atmosphäre mit in das Dorf, wenn man weiß, dass nachts die Kerzen am Friedhof das einzige Licht sind. Die Toten schenken uns die Sterne als Lichtquelle und wir schenken den Toten das Licht der Kerzen. So ist nie jemand im Dunkeln. Irgendwie ein schöner Gedanke, zu wissen, dass der Mensch manchmal auch geben kann, anstatt nur zu nehmen. Ich setze mich wieder für ein paar schweigsame Minuten vor das Grab meines Vaters.

»Irgendwann finde ich den Grund für deinen Tod«, flüstere ich unbemerkt. Ob ich will oder nicht, mein Herz sagt mir ständig, ich solle Fragen stellen. Doch ich habe Angst, alte Wunden wieder aufzureißen. Gerade jetzt, wo alles wieder normal wird. Nach weiteren zwei Minuten schlage ich den Weg nach Hause ein. Bevor Mum munter wird und sich Sorgen macht. Nachdem ich die Tür aufgeschlossen habe, blicke ich direkt in Mums verschlafenes Gesicht. Anstatt auf mein gut gelauntes „Guten Morgen" zu reagieren, geht sie wie ferngesteuert in die Küche. Nachdem sie ein paar Knöpfe an der Kaffeemaschine gedrückt hat und das warme Koffein in die Tasse geronnen ist, nimmt sie ein paar Schlucke. Erst danach ist sie fähig zu antworten.

»Guten Morgen, Schätzchen.« Sie nimmt einen erneuten Schluck, wobei sie mich exakt mustert. »Du warst bei deinem Vater, nicht wahr?« Seit wann reden wir so offen über dieses Thema? Anscheinend hat sie das alles über die Jahre besser verarbeiten können als ich. Obwohl sie ihren Mann und irgendwie auch ihren Sohn verloren hat.

»Wenn ich dich besuche, gehe ich immer sofort bei meiner Ankunft und jeden Morgen zu ihm. Es tut gut mit ihm zu reden«, antworte ich wie in Trance. Sie nickt verständnisvoll. Man sieht ihr an, dass sie zu gerne weitere Fragen stellen möchte. Sie wirkt allerdings überrascht über meine plötzlich so offene und wahre Antwort, dass sie den Moment aus Respekt nicht jetzt sofort ausnützen will. Sie gibt mir Zeit. Doch wie lange würde es dauern, bis sie nicht anders kann und mir all ihre Fragen stellt. Wie lange würde es dauern, bis ich meine Fragen stelle? Erdrückende Fragen blitzen während des gesamten Frühstücks in meinem Kopf auf. So entsteht diese unangenehme Stille zwischen meiner Mutter und mir.

Die restliche Zeit bis zu dem Treffen bei den Freunden meiner Mutter verbringe ich damit, das Dorf zu erkundigen. Es hatte sich nichts verändert und doch muss ich all die Orte, die ich schon damals geliebt habe, wieder sehen. Ich bin nur froh, dass seit meinem letzten Besuch keine Tornados die Stadt verwüstet haben. Das ist am schwersten. Meine Mutter hierzulassen, ohne zu wissen, ob es ihr gut geht. Ob sie dieses Mal den Tornado abbekommen hat. Nicht zu wissen, ob wieder zu viel Schnee gefallen ist oder ob wieder ein Amoklauf in ihrer Nähe stattgefunden hat. Unwissenheit ist generell kein schönes Gefühl. Aber es gibt auch viele schöne Dinge hier. Deshalb genieße ich meinen Aufenthalt jedes Jahr aufs Neue. Größtenteils wird dieser Ort hier mit Bisons in Verbindung gebracht. Für Stadtkinder könnte das ein wenig verloren aussehen. Als gäbe es hier nichts weiter als Gräser, Wälder und Bisons. Aber wenn man hier aufwächst, ist das alles einfach *Zuhause*.

In dem Lebensmittelgeschäft *Tops* hole ich mir eine Coca-Cola. Ich mochte den Laden noch nie wirklich. Viel zu viele Leute in einem dafür viel zu kleinen Gebäude. Deshalb gehe ich weiter zu einem eher unbekannten Geschäft von einem alten Freund meines Dads. Es ist ein von außen etwas schäbig aussehender Laden, der kleine Snacks und alte Musikplatten verkauft. Außerdem dekoriert Wilson den Laden mit seinen eigenen Fotografien, welche er hier auch zum Verkauf anbietet. Er hat großes Talent, hatte aber noch nie wirklich viel Glück. Um seine Werke zu verkaufen, müsste er erst einmal in die Stadt, um sie dort den ganzen reichen Trotteln vorzustellen. Um dort hinzukommen, braucht er aber auch wiederum Geld, welches er nicht hat. Er meint, er ist glücklich. Es ist nur schade zu sehen, dass so ein Talent in dem Dorf festsitzt. Hätte ich selbst ein wenig mehr Geld, würde ich es ihm ohne zu zögern geben. Doch die Zugtickets hierher sind viel zu teuer, um mein Geld dafür auszugeben. Einmal im Jahr her und zurück. Mehr Investitionen gehen nicht.

Um Punkt 17:00 Uhr kommen wir bei den Freunden meiner Mum an. Ein kleiner Hund namens Rufus hat uns noch vor ihnen begrüßt. Er hechelt aufgeregt, während er uns bei den Begrüßungsumarmungen zusieht.

»Das ist also dein Sohn. Micah«, stellt Ava lächelnd fest. »Freut mich, dich endlich kennenzulernen.«

»Gleichfalls«, gebe ich meine knappe Antwort, während wir einander die Hände schüttelten. Sobald wir über die Türschwelle gehen, folgt auch Rufus uns. Erst hier drinnen werden wir von dem Hund beschnuppert. Als wir endgültig akzeptiert wurden, gehen wir weiter in die Küche.

»Habt ihr vor irgendwohin zu fahren?«, fragt meine Mutter. Vermutlich wurde diese Frage ausgelöst durch die Koffer im Vorzimmer.

»Wir wollen in ein paar Tagen nach *Oklahoma City* fahren. Deshalb wollten wir dich eigentlich fragen, ob du möglicherweise auf Rufus aufpasst«, fragt Avas Mann Mark. Freudig geht meine Mutter der Bitte nach.

»Das mache ich nur zu gerne.« Auch Rufus bellt zustimmend, was uns alle in schallendes Gelächter fallen lässt.

Meine Mutter erzählt stolz von meiner Annahme an der Oxford University, während Mark und Ava vom Umzug ihrer Tochter erzählen. Eine Stunde dauert es, bis die drei sich über die neusten Neuigkeiten ausgetauscht haben. So als ob sie sich schon ewig nicht mehr gesehen hätten. Zwischendurch muss ich von meinen Erfahrungen in Oklahoma erzählen. Wie es mir anfangs mit dem Umzug ging und wie ich mich zurechtfand. Danach deckt Ava den Tisch mit Broten und Keksen. Zwei Kerzen bringen zu den schwachen Lampen in der Küche noch zusätzliches Licht. Ein gemütlicher Abend. Ich bereue es keinesfalls, meine Mutter begleitet zu haben. Durch Rufus wird der Abend zusätzlich auch noch ziemlich lustig. Einmal schnappt er sich eine Scheibe Käse vom Tisch, dann jagt er wieder seinem Spielzeug hinterher, wobei er sich den Kopf an der Tür stößt, was ihn aufjaulen lässt. Danach jagt er es aber weiter. Er ist ein kleiner Golden-Retriever-Welpe, der noch immer sehr verspielt ist. Ausdauer hat er allerdings nicht recht viel. Nach all dem Herumtollen, legt er sich still auf den Boden und bewegt sich kein Stück. Es sieht aus, als wäre er eingeschlafen. Wir alle sehen gerade zu dem Welpen, als mein Handy klingelt, was ihn wieder aufspringen lässt. Für einen kurzen Moment blitzt der Name „Ophelia" auf meinem Bildschirm auf. Ich nehme an. Nur ein kurzes Schluchzen ist wahrzunehmen. Danach legt sie auf. Sie hat nicht bemerkt, dass ich abgehoben habe. Etwas panisch rufe ich sie zurück, doch sie ignoriert es. Oder sieht es nicht. Ich habe ein ganz schlechtes Gefühl bei dieser Sache. Ich muss zurück. Jetzt.

»Mum? Ich muss nach Oklahoma.« Meine Worte hören sich verwirrt an. In Gedanken war ich immer noch bei Ophelias Schluchzen.

»Jetzt? Warum? Ich dachte, du bleibst die ganze Woche?« Sie überlegt, bis sie schlussendlich auf die Antwort kommt. »Das Mädchen ... Sicher, Schätzchen, fahr, na los!« Ich will gerade zur Tür raus, als Mark mir die Schlüssel zu seinen Wagen zuwirft. »Bring ihn zurück, sobald du kannst.« Ich bringe nur ein schiefes Lächeln hervor. Die folgenden Stunden verbringe ich wie in Trance. Die ganze Fahrt scheint so surreal zu sein. Es ist wie ein Windhauch, der eine eisige Kälte hinterlässt. Die Fahrt ist für die Länge der Strecke kurz und dennoch dauert sie viel zu lang. Neun Stunden Fahrt. Ich bin viel zu schnell gefahren. Es ist reines Glück, nicht angehalten worden zu sein. Die Strecke Buffalo nach Oklahoma lege ich in nur der Hälfte der eigentlichen Zeit zurück. Dennoch komme ich erst um 3:00 Uhr morgens an. Ich komme zu spät. Nach neun Stunden kann was weiß ich alles passiert sein. Mein Handeln ist nichts als Eigennutz. Selbstsüchtig wie immer. Ich will zu ihrer Wohnung fahren, doch als ich sehe, dass das Gebäude kein einziges beleuchtetes Fenster hat, weiß ich, dass sie nicht hier ist. Die Frage ist nur, wo sie dann ist. Mit einem Schlag, als ich kurz davor bin aufzugeben, kommt es mir in den Sinn. Die Brücke. Ich weiß nicht wieso, aber in meinem Kopf wirkt das wie die logischste Antwort. In solchen Momenten glaube ich, dass mir mein Vater die nötigen Antworten liefert. Mir hilft, für das zu kämpfen, was ich will. Er liefert mir den nötigen Ehrgeiz, um durchzuziehen, was ich angefangen habe. Somit rase ich, so schnell ich kann, weiter zu dem Ort, wo ihr Leben neu begonnen hat. Mitten auf der Brücke, die einst solch eine schöne Erinnerung war, halte ich an. Sie ist hier. Allein ihr schwarzer Schatten verrät mir dies. Ihre Umrisse sitzen auf dem Asphalt und lassen die Beine hinunterhängen. Sie bräuchte nur ein Stückchen über die Kante zu rutschen, schon würde sie mit einem tödlichen Aufprall auf der unteren Straße landen. Da war keine schützende Metallstange. Lediglich ihre Entscheidung. Eine halbe

Ewigkeit sitze ich nur in dem Auto und sehe sie an. Ich riskiere, dass sie springen würde. In genau diesen Momenten zögere ich. Nur wieso bin ich jedes Mal aufs Neue so dumm? Jedes Mal verletze ich die Menschen, die mir am wichtigsten sind. Eingehüllt in nichts als Schwärze sitzen wir beide da. Als hätte man auf Pause gedrückt. Nur wann geht der Film weiter? Man hört die spannungsaufbauende Filmmusik im Hintergrund. Nur die Charaktere sind erstarrt. Es ist einfach. Die Tür aufmachen und zu ihr gehen. Mit ihr reden. Aber was? Was sollte ich tun? Ich habe es vermasselt. Es ist zu spät. Es war meine Entscheidung, die sie hierher gebracht hat. Es wäre besser gewesen, hätte sie mich nie getroffen.

Ich bin nichts weiter als ein Armseliger, der immer wieder dumme Entscheidungen trifft. Ein Feigling, der sich hinter einer Mauer versteckt. Wenn es ernst wird, laufe ich davon. Immer wieder aufs Neue. Nicht einmal Dad hat die Macht, etwas dagegen zu tun. Ich habe Mum verletzt. Ich verletze in diesem Moment Ophelia. Ich gebe ihr nicht den Stoß, aber ich trage dennoch die Schuld mit mir. Wie erfroren sitze ich in dem fremden Auto und mustere sie. Sie bewegt sich genauso wenig wie ich. Nur bei genauem Hinsehen erkennt man, wie sie zittert. Bei genauem Hinhören ertönt das gebrochene Schluchzen. Bei genauer Aufmerksamkeit spürt man die Tränen sowie ihre verlorene Seele. Nur wenn man sie wirklich ansieht, sieht man, dass sie es nicht machen will. Ich muss etwas tun. Ich will auf Play drücken, aber der Film scheint zu Ende zu sein. Ich kann nur auf das nervige und doch erlösende „Fortsetzung folgt" hoffen. Aber was, wenn es keine Fortsetzung gibt?

# Kapitel 14

## Ophelia

Ich zögere den Moment doch nur hinaus. Er wird nicht kommen.
Ich versuche seit sieben Stunden eine Entscheidung zu treffen. Den schweren Weg wählen oder den leichten? Vier Stunden war ich spazieren gegangen, nur um hierher zu finden. Ich dachte nicht nach. Ich bin einfach gegangen. Das müsste doch ein Zeichen sein. Dennoch ist seit fünf Stunden nichts passiert. Ich bin nicht nach Hause. Ich bin nicht gesprungen. Aber was soll ich tun? Tränen sind seit langer Zeit wieder in meinen Augen erschienen. Mit ihnen auch das Gefühl zu ersticken. Ich habe meine Hände an meinen Hals gelegt und warte, bis ich keine Luft mehr in meiner Lunge habe. Und kurz bevor es geschieht, lässt mich der menschliche Reflex wieder nach Luft schnappen. Eine unregelmäßige, ja schon panische Atmung ist nur ein winziger Teil von dem Schmerz, den ich verspüre. Es fühlt sich einfach alles falsch an. In mir verkrampft sich alles. Als wäre ich tot und doch am Leben. Danach ist alles aus. Ich fühle nichts mehr. Ich sitze einfach da und sehe in das schwarze Tief unter mir. Ich brauche nur noch ein Stückchen nach vorne zu rücken und ich würde fallen. Anders als sonst fühle ich mich nach dem Weinen nicht befreit. Ich fühle mich tot. Ich fühle, dass der Moment gekommen ist. Dass ich es nicht länger wert bin. Dass ich es nicht länger hinauszögern kann. Meine Hände fahren über die Kante. Meine zittrigen Finger streichen sanft über den kalten Beton und wollten mich gerade nach vorne drücken, als ich Schritte höre, die zuvor von dem rauschenden Blut in meinen Ohren übertönt worden waren.

»Tu das nicht ... Bitte«, raunt er in die Stille der Nacht. Ein Windhauch hätte seine Worte einfach davontragen können. Doch ich verstand jedes Wort. Sollte ich sagen, was ich denke? Bin ich denn bereit dazu? Ist das der richtige Moment für einen Anfang, der ein Ende sein wird?

»Ich denke, ich liebe dich, Micah!«, raune ich ebenso, wie er seine Stimme vorhin verwendet hat. Schon kommen meine Tränen zurück. »Aber Liebe ist ein Risiko, welches ich nicht eingehen kann. Zumal man nicht entscheiden kann, wen man liebt. Wenn du dann nicht zurückgeliebt wirst, zerbricht dein Herz in 999 Stücke. Wenn die Person mit dir Schluss macht, zerbricht es wieder in 999 Stücke. Und wenn die auserwählte Person verschwindet oder gar stirbt, wird dein Herz in volle 1000 Stücke zerbrechen. Zerbricht es einmal in so viele Teile, wirst du es nicht mehr flicken können. Dafür sind die Scherben viel zu klein. Die einzige Möglichkeit ist, den Schmerz mit sich zu tragen. So bleiben die, die wir lieben, in Erinnerung. Wieso bin ich also gezwungen, dieses Risiko bei dir einzugehen?« Zwischendurch ist meine Stimme gebrochen. Ich rede einfach weiter, während die Tränen wieder mehr werden. Ich fühle wieder. Und es gefällt mir nicht.

»Weil sonst mein Herz in die vollen 1000 Stücke zerbrechen würde.«

»Micah ... «, flüstere ich unmerklich. Mit diesem einen Wort ist meine Seele zurück in meinen Körper gekommen.

Ich muss es jetzt tun. Doch ich will es nicht vor seinen Augen machen. Nicht so. So war das nicht geplant. Er soll gehen. So wie er es die ganze Woche über getan hat. Mich einfach alleine lassen. Obwohl ich doch wollte, dass er kommt.

Kurz bevor ich über die Kante gleite, spüre ich diese beiden warmen Hände, welche panisch meine Hüfte festhalten.

Da ist sie wieder. Die Ironie. Kurz vor dem Fall. Kurz bevor die Kälte mich komplett in ihren Händen hat, ist da diese Wärme, die mich festhält.

Er zieht mich weiter auf die Straße. Ja, weg von dem Abgang. Ich bin nicht fähig mich zu bewegen. So weine ich einfach in seine Halsbeuge, während er mich nach wie vor in seinen Händen hält. Nicht erdrückend. Genau richtig, sodass ich noch atmen kann und trotzdem mit einer Willensstärke, die mich wissen lässt, dass er mich so schnell nicht mehr loslassen wird. Nicht bis ich ihn loslasse. Nicht bis er eine Bestätigung hat, dass ich bereit dazu bin. »1… 2… 3… atmen. 4… 5… 6… weitermachen.« Das habe ich vermisst. Ihn habe ich vermisst. Auch wenn er mich im Stich gelassen hat. Er hat einen guten Grund dafür. Seine Familie. Micah liefert mir keinen Grund, ihn zu hassen. Deshalb liebe ich ihn wohl. Alles, was er für mich tut, fühlt sich immer wie aus reinem Herzen an. Ich liebe ihn. Und ich habe ihm das vor ein paar Minuten gestanden. Irgendwie habe ich auch eine indirekte Antwort erhalten nach meinem Vortrag über die Liebe. Sein Herz würde zerbrechen. Vielleicht interpretiere ich aber auch wieder einmal zu viel in seine Worte hinein. Menschen sagen Dinge. Dinge, die sie oft nicht so gemeint haben. Aus unüberlegtem Handeln oder es ist einfach eine Lüge. Ich hoffe, er meinte seine Worte genau so, wie ich es verstanden habe. Genau so und kein bisschen anders. Es würde nur noch mehr Schmerzen bedeuten, wenn er das alles nur aus Mitleid tut. Weitere 999 Stücke meines Herzens würden zerbrechen.

»Brauchst du eine Auszeit?«, fragt er mich, als er bemerkt hat, dass ich nur noch still in seiner Halsbeuge liege. Kurz davor einzuschlafen.

Ich nicke fast unmerklich als Antwort auf seine Frage. Doch ich weiß, dass er es bemerkt hat. Keine Ahnung, was er mit seiner Frage gemeint hat, aber mein Gefühl sagt mir: Egal wo er mich hinbringt, er gibt mir Zeit, mich wieder zu finden. Ich vertraue ihm blind.

In meinem Halbschlaf hat er mich hochgehoben und auf die Rückbank seines Autos gelegt. Zugedeckt werde ich mit seiner Jacke. Diesmal nehme ich diese gerne an. Selbst wenn ich protestieren möchte, dass er die Jacke selbst anziehen sollte, damit er nicht friert, hätte ich nicht gekonnt. Dafür bin ich zu kurz davor, wegzudriften. Der rhythmische Klang des Motors lässt mich letzten Endes komplett in meine Traumwelt gleiten.

*Ich habe Vertrauen in dich, Micah Hanson.*

# Kapitel 15

## Ophelia

Immer noch spüre ich den Motor unter mir, als ich aufwache. Ich bin noch im Auto. Doch wohin fahren wir? Und wie lange habe ich geschlafen? Ich traue mich nicht ihn zu fragen. Stattdessen bleibt diese erdrückende Stille zwischen uns. *Ich vertraue. Ich vertraue. Ich vertraue.* Nur diese Neugierde bringt mich fast um. Seit Stunden sind weite Felder und unbekannte Gebäude das Einzige, was ich sehe. Wo, verflucht, bringt er mich hin?

»Guten Morgen«, raunt er mit einer müden, kratzigen Stimme. »Gut geschlafen?«

»Ähm ... Ja. Aber wie lange?«, frage ich verwirrt und ein wenig überfordert mit der Situation.

»13 Stunden«, lächelt er. »Noch acht Stunden. Dann sind wir in Buffalo«, teilt er mir ganz nebenbei mit. Richtet seinen Blick immer noch stur geradeaus auf die Straße.

»Buffalo?«, frage ich ungewollt überrascht. Wieder entlockt ihm das ein Grinsen.

»Ja, zu mir nach Hause«, klärt er mich auf. »Versuch vielleicht dich noch ein wenig länger auszuruhen. Wir haben noch ein paar Stunden vor uns.« Ich tue wie befohlen, doch mir fallen nur unzählige Fragen ein, für die ich zu ängstlich bin, sie zu stellen. Warum tut er das? Warum reden wir nicht einfach? Ewige Warum-Fragen, die sich hoffentlich bei meiner Ankunft von allein beantworten werden. Trotz dieser halbwegs beruhigenden Gedanken fallen mir noch weitere Sorgen ein. Ich bin über eine unbegrenzte Zeit ohne Koffer von zu Hause entfernt. Ich lerne kurz nach einer meiner Zusammenbrüche Micahs Mutter kennen. Was wird sie von mir halten, wenn Micah von mir erzählt? Vermutlich nichts Positives. Und doch reizt es mich zu sehen, wo Micah aufgewachsen ist. Sein Zimmer. Sein Haus. Sein Dorf. Ihn näher kennenzulernen. Von seinen Schmerzen zu erfahren. Ich kenne all seine positiven Seiten. Ich habe gesehen, wie er ist.

Jetzt möchte ich ihn kennenlernen. Das bedeutet auch das Negative an ihm und seinem Leben zu sehen. Ich möchte nicht nur mein Leid sehen. Das einzig Positive daran ist, dieses Leid zu kennen und zu verstehen, sodass man anderen helfen kann, die dasselbe durchleben. Wenn Micah mich also versteht, verstehe ich vielleicht auch ihn und kann ihm helfen. Ich bin mir sicher, er hat Probleme. Jeder Mensch hat sein Päckchen zu tragen. Das ist natürlich. Manche verstecken es und weinen für sich, andere verdrängen es und die nächsten waren zu lange stark und können nicht mehr kontrollieren, wann die Tränen kommen. So wäre es bei mir. Sentimentale Menschen wie ich weinen schnell. Heißt nicht, dass wir schwächer sind als andere.

Ich beobachte von der Rückbank, wie Micah mit dem Schlaf zu kämpfen hat. Er gibt sich große Mühe durchzuhalten. Beinahe 21 Stunden Fahrt sind eine lange Zeit. Fokussiert auf die Straße schauen, mit einer Nacht ohne Schlaf. Bewundernswert. Ich wäre schon längst von der Straße abgekommen.

»Könntest du bei der nächsten Tankstelle anhalten?«, frage ich zögerlich und beobachte seine langen Wimpern, wie sie in elegantem Schwung über seinem Lid stehen. Seine dunklen Augenringe. Die trockenen Lippen die er sekündlich befeuchtet.

»Klar!« Nach einer halben Stunde erscheinen die ersten Gebäude. Danach die nächste Tankstelle.

»Bin gleich wieder da«, teile ich ihm mit und öffne die Autotür. »Versuche dich in der Zwischenzeit ein wenig auszuruhen«, zwinkere ich ihm anschließend zu, was ihm ein verschlafenes Lächeln entlockt.

Ich betrete die Tankstelle und frage nach den Toiletten. Der Verkäufer zeigt, vertieft in sein Magazin, den Kopf mit der Hand abgestützt nach unten schauend, zu dem Ende des Geschäfts. Ich lasse Micah ein wenig Zeit zum Schlafen. Nachdem ich fertig bin, sehe ich mich noch einen Moment in dem Geschäft um. Es häufen sich abgepackte Süßigkeiten und Energydrinks. Ich würde mir gerne eine Packung Chips kaufen, habe aber kein Geld. Dennoch begutachtete ich jede kleine Ecke, spiele mit den Plastikfiguren für kleine Kinder und sehe mich generell ein wenig um, bis ich mich mit einem freundlichen „Wiedersehen" verabschiede. Schon von Weitem sehe ich, dass Micahs Kopf sich zurückgelegt hat und er ein kleines Nickerchen macht. Ich möchte ihn nicht wecken. Möglichst leise öffne ich die Autotür, was ihn allerdings sofort aufzucken lässt. Ich entschuldige mich. Er winkt nur ab, als wäre es nicht weiter schlimm. Die restlichen sieben Stunden verlaufen schweigsam. Er sieht nach vorne auf die Straße. Ich sehe links aus meinem Fenster. Beobachte all die vorbeiziehenden Farben, bis wir da sind. Er parkt das Auto vor einem kleinen, soweit ich erkennen kann, gelben Haus mit Holztönen.

Während ich nur gebannt aus dem Fenster sehe, ist Micah ausgestiegen und hat mir die Tür geöffnet. Was für ein Gentleman.

»Willkommen in dem Haus, in dem ich neunzehn Jahre gelebt habe«, begrüßt er mich. Mittlerweile war es 22:00 Uhr und somit stockfinster draußen. Er öffnet die Tür. Leise um seine Mutter nicht zu wecken. Dieser Plan hat wohl nicht seine Richtigkeit. Sie erwartet seinen Sohn bereits. Mit einer liebevollen Umarmung begrüßt sie Micah. Und danach auch mich. Jetzt weiß ich wo Micah seine optimistische Seite hat. Seine Mutter strahlt in den ersten Sekunden schon so viel Wärme und Liebe aus. Hier zu wohnen muss echt schön sein.

Mir wird jetzt endlich klar, was Micah mit Auszeit gemeint hat. Die Zeit mich selbst zu finden und die Zeit Wärme zu sammeln. Dafür ist dieser Ort perfekt geeignet.

»Micah, willst du uns nicht einander bekannt machen?«, fragt sie augenverdrehend lächelnd.

»Sicher, ähm … Ophelia, das ist meine Mum. Mum das ist Ophelia.« Augenblicklich streckt sie mir ihre Hand als Begrüßung hin. »Freut mich, dich kennenzulernen, Kleines«, lächelt sie.

»Ich habe Ophelia dein Bett hergerichtet und für dich habe ich Decke und Polster auf die Couch gelegt«, spricht sie nun in die Richtung ihres Sohnes, welcher nickt.

»Aber woher wusstest du, dass …«. Seine Mum hat ihn unterbrochen. »War so ne Ahnung.« Darauf hat sich Micah nur noch bedankt. Ich spekuliere weiter über das, was Micah sagen wollte, sehe jedoch nach ein paar Minuten ein, dass ich ohnehin keine Antwort erhalten werde. Müde betreten wir beide Micahs altes Zimmer. Poster von Bands tapezieren die Wände. Eine Couch und ein Fernseher befinden sich in der linken Ecke. Rechts bei seinem Fenster stehen sein Bett und ein Regal, hinter welchem ein Schreibtisch platziert ist. Ich möchte nur noch schlafen. Wir sind beinahe einen Tag in diesem Auto gesessen. Ich möchte mir gar nicht vorstellen, wie es Micah ergeht. So schlafen wir ein, ohne weitere Fragen oder Reden. Wir legen uns hin und schlafen ein. So etwas kann ich lediglich, wenn ich sehr müde bin oder wenn Micah mich in seinen Händen hält. Der Mond wirft durch die weißen Vorhänge ein angenehmes Licht ins Zimmer. So ist es nicht vollständig dunkel. Besser hätte ich nicht einschlafen können.

»Danke.«

# Kapitel 16

## Micah

Die Sonne scheint mir direkt ins Gesicht und wärmt mich, während ich eingerollt in meiner Decke aufwache. Ich hätte weitergeschlafen, wären da nicht diese fast schon lautlosen Schritte, die meine Aufmerksamkeit bekommen. Hätte sich nicht jemand direkt vor den Sonnenstrahl gestellt. Somit öffne ich die Augen, um den Täter zu entlarven. Zuerst ist nur ein Lid gewillt aufzugehen. Doch als ich Ophelia vor dem Fenster sehe, öffnet sich auch das zweite. Wie erstarrt steht sie davor, mit dem Rücken zu mir, und sieht über das Dorf. Sie sieht zu, wie die Sonne langsam immer höher steigt, bis sie von meinem Fenster aus gar nicht mehr zu sehen ist. Meine Jacke nutzt sie bis jetzt, um sich zu wärmen. Es macht den Anschein, als würde ich diese nicht so schnell zurückbekommen. Jedenfalls hoffe ich das. Denn sie sieht zu umwerfend in meinen Klamotten aus. Der viel zu große Stoff legt sich locker an ihre Haut und bedeckt Schultern, Rücken und Handflächen. Nach einiger Zeit dreht sie sich um und legt sich zurück auf mein Bett. Augenblicklich spüre ich wieder die Sonne in meinem Gesicht.

»Morgen«, sage ich kurz zu ihr. In der Früh ist meine Stimme meist nicht ganz funktionstüchtig wie sonst. Morgens kommen tiefere und rauere Töne zustande. Es besteht die Gefahr, dass die Stimme einfach brechen würde. Als würde ich noch einmal die Pubertät durchleben.

Erschrocken sieht sie in meine Richtung.

»Guten Morgen.«

Sie hat nicht erwartet, dass ich munter bin. Ich räuspere mich, bevor ich einen vollen Satz anfange.

»Du kannst mich das nächste Mal einfach aufwecken.« Sie nickt nur lächelnd als Antwort. Müde fahre ich mir übers Gesicht, als ich mich aufsetze. Danach öffne ich meine Zimmertür. Mum hat anscheinend in ihrem Kleiderschrank nach ein paar Klamotten für Ophelia gesucht. Das sagt mir zumindest der riesige Gewandstapel vor meiner Tür. Man trifft nur selten einen so aufmerksamen Menschen wie sie. Ich hebe den Stapel auf und lege ihn zu meinem Bett.

»Du kannst schauen, was dir passt. Das Badezimmer ist am Ende des Gangs auf der linken Seite. Wenn du willst, kannst du auch duschen gehen«, teile ich ihr sachlich mit. Wieder nickt sie nur dankbar und verschwindet dann im Badezimmer. Nach einigen Minuten hört man das Prasseln von der Dusche. Nachdem ich mich ebenfalls umgezogen habe, stelle ich mich vor das Fenster. Mittlerweile sieht man nichts als Wolken und Dächer. Nach 21 Jahren hat sich der Ausblick nicht geändert. Ich stehe einfach da und starre stur aus dem Fenster. Tief in Gedanken.

Ich bin froh noch rechtzeitig erkannt zu haben, dass ich aussteigen muss, bevor Ophelia von der Brücke gesprungen ist. Aber warum nur habe ich so lange gezögert? Sie war so dankbar. Aber ich habe nicht das Gefühl, diese Dankbarkeit zu verdienen. Deshalb habe ich sie hierher gebracht. Um ihr zu helfen, um vielleicht ein wenig ihrer Dankbarkeit zu verdienen. Sie hat gesagt, dass sie mich liebt. Und obwohl ich sie liebe, habe ich ihr keine deutliche Antwort gegeben. Ich kann es nur immer wieder sagen. Ich bin ein Arschloch. Mit heute habe ich noch vier Tage, um ihr ihre versprochene Auszeit zu geben. Ich werde ihr den Ort zeigen und alles mit ihr machen, worauf sie Lust hat. Ich will ihre Dankbarkeit nicht, solange ich keinen Grund dafür habe, sie zu verdienen.

»Ich wäre fertig.« Augenblicklich legt sich ihre eisige Hand sanft auf meine Schulter. Obwohl es unerwartet geschieht, zucke ich nicht zusammen. Sie hält meine Jacke in meine Richtung.

»Wenn dir noch kalt ist, kannst du sie gerne behalten.« Sie bemerkt, dass ihre Hand noch immer auf meiner Schulter liegt. Erschrocken zieht sie sie zu meinem Bedauern zurück.

»O-Okay ... Danke.« Wieder legt sich dieses verfluchte Lächeln auf ihre Lippen. Dass ich sie liebe, ist eine Untertreibung. Bei ihr fühle ich mich sicher. Wenn ich nicht bei ihr bin, will ich bei ihr sein, und wenn ich bei ihr bin, möchte ich sie spüren. Wissen, dass es ihr gut geht. Ich möchte jeden Tag dieses Lächeln sehen. Dieses Gefühl spüren, wenn ich es sehe. Wenn ich sie sehe. Dieses angenehme Kribbeln von Kopf bis Fuß. Und ich möchte sie nur in meinen Händen halten. Ich möchte sie beschützen. Und die Gewissheit haben, dass sie ihr Leben genießt. Ich möchte, dass sie sicher ist. Sicher vor den dunklen Schatten der Realität. Dass ich sie liebe, kann nicht ausdrücken, was ich für sie empfinde. Niemals. Ich würde mein Leben geben, um ihres zu retten. Und wenn ich in der Situation bin, erstarre ich wieder. Groß reden kann jeder. Es wirklich tun, das machen nur die wenigsten. Ich wünschte, ich würde es einfach tun. Ich wünschte, ich wäre nicht so schwach. Jeder Mensch könnte sich glücklich schätzen, nur halb so viel Mut zu haben wie sie. Egal wer das Gegenteil behauptet. Es ist nicht wahr. Sie ist stark, weil sie immer noch hier ist. Sie ist weit gegangen und war kurz davor, es zu beenden. Aber sie ist dennoch hier. Das ist ihre Stärke. Ihr Mut.

»Willst du frühstücken?«, frage ich. »Sehr gern«, gibt sie als Antwort.

»Meine Mum wird vermutlich mehr Auswahl haben, als du bei dir zu Hause hast. Wenn du willst, kann ich dir einen Auflauf machen.« Doch als wir die Stiegen hinuntergehen, riecht es bereits überall nach dem Beerenauflauf, den ich vorhatte zu backen.

»Klingt fast so gut, wie es hier riecht«, lacht sie. Anscheinend hat meine Mutter mir die ganze Arbeit abgenommen. Jedes Jahr, wenn ich hierherkomme, werde ich von ihr verwöhnt. Ich vermute, dass es einem nach einem Jahr des Alleinwohnens wieder so richtig guttut, wenn man sich wieder eine Zeitlang um andere kümmern kann. Vor allem meiner Mum. Manchmal vergisst sie sogar, dass ich selbst kochen und Wäsche waschen kann. Aber ich finde es schön, meine alte Mutter zu sehen. Die, die glücklich, optimistisch und arbeitsfreudig ist. Sie hat uns den Auflauf in die Küche gestellt und ist zur Arbeit gefahren. Das dürfte allerdings noch gar nicht so lange her sein, denn der Auflauf ist noch warm.

»Dann ging das Frühstück doch schneller als erwartet«, scherze ich.

Mit sicheren Handgriffen hole ich Teller, Besteck und Pfannenwender aus ihren Schränken. Der süßliche Duft von Beeren und Schokolade wird noch intensiver beim Herausheben des ersten Stücks.

»Es riecht köstlich«, schwärmt Ophelia. »Fast noch besser als das, was du mir gemacht hast«, stichelt sie weiter. Zugegeben, es hat mein Ego ein klein wenig verletzt, das zu hören, aber ich konnte das gerade noch so verkraften. Bei ihrem ersten Bissen könnte ich schwören, ihre Augen aufleuchten zu sehen.

»Und es schmeckt himmlisch«, teilt sie mir mit, nachdem sie hinuntergeschluckt hat. Als wir beide auch unsere zweite Portion zusammen essen, biete ich Ophelia an ihr das Dorf zu zeigen. Den Friedhof werde ich allerdings bei meiner Tour auslassen. Sie stimmt freudig einem Spaziergang zu. Recht viel gibt es hier eigentlich nicht. Hier kann ich keinen großen Rundgang mit ihr machen wie in Oklahoma. Aber immerhin etwas. Die Felder, den Wald, meine liebsten Läden. Und die Aussicht, die sie heute in der Früh schon bemerkt hat. Ich habe keinen wirklichen Plan. Im Prinzip folge ich nur dem Weg, welchen ich auch früher immer ging. Enden tut dieser in einem kleinen Spielplatz. Das Einzige, was man dort findet, sind eine Rutsche, zwei Schaukeln und eine Bank. Diese Bank ist der Grund, weshalb ich auch in Oklahoma meine täglichen Spaziergänge mache. Genau wie in dem Park ist hier auch ein Springbrunnen.

»Früher bin ich immer mit meinem Dad hierhergekommen. Wir haben Münzen in den Springbrunnen reingeworfen in dem Irrglauben, es geht in Erfüllung, wenn wir uns etwas wünschen«, setze ich meinen Gedanken laut fort. »Als er gestorben ist, bin ich nur drei Mal hierhergegangen, um mir zu wünschen, dass er wieder zurückkommt. Dann habe ich realisiert, dass das nie mehr der Fall sein wird. Dass er weg ist und ich nichts dagegen tun kann.« Ophelia sitzt nur still neben mir. Mit einem neutralen und doch verständnisvollen Blick. Sie ist für mich da und hört mir zu, ohne Fragen zu stellen. Dafür bin ich dankbar.

»Dein Verlust tut mir leid«, spricht sie nun doch. »Sehr leid.«

»Warum wolltest du es tun?« Jetzt bin ich es, der die taktlosen Fragen stellt. »Sterben, meine ich.«

Augenblicklich schießt die Traurigkeit in ihre Augen.

»Ähm ... I-Ich ... Die letzten Wochen waren ziemlich ungemütlich. Ich ging nicht mehr zur Uni. Amelia hat mich täglich aus meiner Wohnung rausgeholt, aber sie ist so verliebt in Derek. Ich schätze, dass ich sterben wollte, weil meine Seele die letzten Wochen bereits am Verrotten war. Es war nur noch meine Gestalt, die durch mein Gehirn bewegt wurde«, erzählt sie den Tränen nahe.

»Danke, dass du so offen mit mir redest.« Sie lächelt daraufhin nur schief.

»Kann ich jetzt dir Fragen stellen? Ich möchte nicht mehr über meine Probleme sprechen.« Ich nicke stumm. Das war nur gerecht.

»Wie bist du mit dem Tod deines Vaters umgegangen?« Ophelia kaut unsicher auf ihrer Lippe. Das ist eine schwierige Frage. »Du musst nicht antworten. Das war nur ... Neugierde.« Dass sie von mir keine Antwort verlangt, ist ein wesentlicher Faktor, der mich zu meiner endgültigen Entscheidung bringt. Sie verdient die ganze Wahrheit. Über alles.

»Ich bin nie darüber hinweggekommen. Nachdem ich nicht einmal erfahren hatte, was zu seinem Tod geführt hat, bin ich ein wenig von meinem geplanten Weg abgekommen. Ich hab mich in meinem Zimmer eingesperrt und hab mit dem Rauchen begonnen. Ich habe meine Mutter allein gelassen. Im Prinzip habe ich alles falsch gemacht, was ich hätte falsch machen können. Wenn das deine Frage beantwortet.« Meine Stimme ist mir etwas kälter entkommen als gewollt. Allerdings ist es mir anders nicht möglich. Ich versuche so zu tun, als hätte ich es verarbeitet und kein Problem damit, ihre Fragen zu beantworten. Aber es geht einfach nicht. Weil es nicht der Wahrheit entsprechen würde.

»Darf ich noch eine Frage stellen?« Ich nicke und schlucke dabei schwer. »Warum hast du mir noch nie zuvor etwas Persönliches über dich erzählt? Du weißt alles über mich und ich ... « Sie lässt ihren Satz unvollendet. Darüber habe ich noch nie nachgedacht. Dennoch trifft diese Frage erneut einen schmerzvollen Punkt. »Ich weiß nicht.«

Möglicherweise ist Dads Tod ein traumatisches Erlebnis gewesen, welches mich in eine Halluzination versetzt hat. So wie Ophelia es bei unserem ersten Treffen vermutet hat. Wir halluzinieren beide und versuchen dabei uns gegenseitig wieder aufzubauen. Auslöser wäre bei mir wohl Dads Tod, den ich nicht verarbeiten konnte. Aber bei Ophelia? Wahrscheinlich ist das alles viel zu weit hergeholt. Dennoch nagt diese Frage unerbittlich an mir.

»Warum bin ich damals bei dir gewesen? Warum ging es dir schlecht?« Für eine Millisekunde zuckt sie zusammen. All diese Fragen zu stellen ist weit schmerzhafter als gedacht. Für uns beide.

»Weil ...« Sie überlegt nochmals. Schließt dabei ihre Augen. »Weil ich alleine war.« Sie scheint sich nicht genau zu erinnern. Oder nicht erinnern zu wollen. Ich denke Letzteres. Denn das, was damals geschah, hat sie auf ewig gezeichnet und so etwas vergisst man nicht so leicht.

»Meine Eltern waren nie zu Hause. Es ging ihnen ständig nur um ihre Arbeit. Freunde hatte ich auch nicht wirklich. Somit blieben mir nur das Feld und die Sterne, die mir ein wenig Gesellschaft brachten. Irgendwann kamst du, als mir die dauerhafte Stille zu viel wurde. Aber nachdem mir deine Stimme das erste Lachen entlockt hatte, warst du nie wieder aufgetaucht.«

»Tut mir leid.« Mehr kann ich nicht sagen. Aber ich habe so viel mehr zu sagen.

»Ich schätze, du hattest diese Begegnungen ebenso wenig unter Kontrolle wie ich. Du bist mir keine Entschuldigung schuldig.« Dennoch tut mir alles, was ihr widerfahren ist, leid. Genauso wie mir all meine Fehler, die ihr vor die Füße gefallen sind, leid tun. Es tut mir leid. Es tut mir so, so leid. Einfach alles.

»Nur noch eines«, erhebt sie erneut ihre Stimme. »Du warst eine 21-stündige Fahrt von mir entfernt. Warum bist du zurückgekommen?« Sie zittert, als hätte sie Angst vor meiner Antwort. Und doch ist diese Antwort die am wenigsten verletzende.

»Weil du angerufen hast.« Ophelia sieht mich nur an, als würde sie nicht verstehen. »Ich wusste, dass etwas falsch ist und bin zurückgefahren.«

»Aber wieso und so schnell und warum tust du das?«, fragt sie in vollkommener Unwissenheit und Verwirrung. Warum ich das tue? Das alles? Weil ich es ihr einfach schuldig bin.

»Wie könnte ich es nicht tun? Und um Frage Nummer 2 zu beantworten: Ich bin wie ein Irrer zurück nach Oklahoma gefahren. Es ist ein Wunder, dass ich nicht angehalten worden bin. Das hättest du sehen müssen.« Mit dieser wahren Aussage versuche ich erfolgreich sie von all dem Ernsten abzulenken. Bei dem Bild, welches sich in meinem Kopf abspielt, handelnd von einem irren Micah hinter dem Lenkrad, ist es echt schwer, nicht zu lachen. Allmählich verwandelt sich auch Ophelias karges Lächeln zu einem Lachanfall. Vermutlich angesteckt durch mein Gelächter. Es tut gut, nach diesen ernsten Fragen überhaupt noch lachen zu können. Und doch weiß ich, dass diese trübe Unterhaltung noch kein Ende hat. Sobald wir in Oklahoma zurück sind, werden wir wieder reden müssen. Nur nicht diese Woche. Ein paar Tage habe ich noch, um das Drama hinauszuzögern.

# Kapitel 17

## Micah

»Es tut mir leid! Mir tut alles so unglaublich leid!«, stöhnt Ophelia schmerzhaft hervor. Als würde in diesem Moment alles in ihr zerbrechen. »Ich wollte das nicht tun. Ich will nicht so sein. Es tut mir einfach leid«, flüstert sie jetzt nur noch still und dennoch aufgebracht.

Es tut mir leid!

Es tut mir einfach leid!

Ophelia flüstert dauerhaft Entschuldigungen in das dunkle Zimmer. Das ewige *Tut mir leid* weckt mich mit der Zeit auf und lässt mich in tiefste Schuldgefühle fallen. Warum entschuldigt sie sich? Für was nur? Mittlerweile bin ich aufgestanden, um das Licht einzuschalten. Danach habe ich mich zurück auf die Couch gesetzt, um sie anzusehen. Beobachten trifft es wohl besser. Nicht nur einmal kommt mir der Gedanke, sie zu wecken. Nicht nur einmal verwerfe ich diesen wieder, weil ich keine Ahnung habe, was ich sagen soll. Trotzdem tut es weh, sie in ihren eigenen Hirngespinsten leiden zu sehen. Vermutlich sieht es jeden Tag in ihr so aus. Nur jetzt ist es so offensichtlich. Traurig, dass sie mir erst am Boden so leid tut. Keiner verdient es, solche Schmerzen zu haben wie sie. Dauerhaft verfolgt zu werden und dauerhaft verletzt von seinen eigenen bösen Geistern, die mit der Zeit in ihr erschaffen werden. Wie ferngesteuert verleitet mich etwas dazu, zu ihr hinzugehen. Anfangs betrachte ich sie einfach nur von der Nähe. Danach wandert meine Hand langsam an ihre Wange, um eine einzelne Haarsträhne hinter ihr Ohr zu schieben. Sie beruhigt sich, ist jedoch immer noch nicht wieder ganz bei sich. Mein Weg leitet mich, ohne zu denken, zu ihr unter die Decke. Etwas unbeholfen lege ich meine Hand an ihre Hüfte. Nur ein Finger hat sie berührt, schon dreht sich Ophelia ruckartig zu mir und versteckt ihren Kopf in meiner Halsbeuge. Sie schlingt ihre beiden Hände um mich. Ich tue es ihr gleich. Ein regelmäßiges Atmen ohne Wimmern, Schreien oder Hektik. Es ist nur noch eine angenehme Stille zu hören. Die süßen leisen Seufzer bei jeder ihrer Atemzüge ausgenommen.

Sie hält mich in ihren Armen, als wäre ich ein Teddybär. Diesmal fühlt es sich richtig an. Zwar habe ich immer noch nicht ihre Einwilligung, aber das Gefühl ist einfach da. Ich brauche nur noch den richtigen Moment.

Das Gefühl muss da sein. Ihre Einwilligung, sie berühren zu dürfen, muss ich hören. Es dürfen nur wir zwei sein, um es ihr sagen zu können. Um ihr einmal einen Einblick in meine Gefühle für sie zu geben.

»Ich liebe dich, Ophelia«, flüstere ich müde gegen ihren Scheitel. »Das werde ich immer.«

# Kapitel 18

## Ophelia

Am Morgen scheint alles perfekt zu sein. Wie in einem typischen Roman mit der glücklichen Wendung. Micah hält mich fest in seinen Armen, so wie ich ihn. Ich hätte ewig so liegen können. Seine Arme strahlen unendlich viel Wärme aus. Trotz dieses seltsamen Kribbelns, welches von jeder seiner Berührungen ausgeht, fühle ich mich so wohl wie schon lange nicht mehr. Alles Angenehme hat diese seltsame und irgendwie auch peinliche Situation überspielt. Peinlich wird es erst, als Micah ebenfalls aufgewacht. Im ersten Moment liegt immer noch dieses unbeschreibliche Gefühl in der Luft. Wir genießen beide den Moment. Bis wir beide realisieren, wo wir uns befinden, was hier alles geschieht und vor allem wie ungewöhnlich nah wir uns sind. Widerwillig ziehen wir unsere Arme langsam voneinander und setzen uns auf, ohne uns je aus den Augen zu lassen. Ich will nichts mehr als meinen Kopf zu senken. Der Peinlichkeit aus dem Weg gehen. Aber irgendetwas ist anders als sonst. In meinem Gesicht verspüre ich nur leichte Hitze und mein Kopf hat nicht die automatische Reaktion verwendet wegzusehen. Ich sehe ihn weiterhin stur an. Wäre da nicht dieses seltsame Kratzen an der Tür, welches uns auseinanderfahren lässt, obwohl gar nichts passiert ist. Micah öffnet vorsichtig die Tür. Eine weiße Schnauze streckt sich durch den schmalen Spalt. »Rufus! Was machst du denn hier?!«, lacht er, während der Golden Retriever auf ihn springt, was ihn nur noch mehr zum Lachen bringt.

»Ophelia, das ist Rufus. Rufus, das ist Ophelia«, stellt er uns vor. »Rufus wird für ein paar Wochen bei meiner Mum bleiben. Zumindest so lange, wie die Besitzer in Oklahoma sind«, erklärt er mir. »Obwohl ich nichts davon wusste, dass er heute schon hier sein wird. Hast du eh keine Angst vor Hunden?«

»Alles bestens.« Er wirft mir einen skeptischen Blick zu. Vermutlich weil ich zusammengezuckt war, als ich ihn gesehen habe.

»Wirklich«, verleihe ich meinen vorherigen Worten mehr Glaubwürdigkeit. Grundsätzlich mag ich Hunde. Vor allem wenn sie so niedlich sind wie Rufus. Ich habe mich eben nur ... erschrocken. Nachdem Micah von oben bis unten abgeschnuppert worden war, bin ich an der Reihe. Er rennt auf mich zu, doch ich unterbreche ihn sofort von seinem Vorhaben und streichle ihn stattdessen, was ihm zu gefallen scheint. Nach wenigen Sekunden liegt Rufus auf dem Rücken und ich könnte schwören ein leichtes Lächeln in seinem Gesicht zu sehen. Jedenfalls wirkt seine Aura mehr als nur zufrieden. Diese Ruhe ist allerdings sofort wieder weg, als Micah aufsteht. Der Golden Retriever ist sofort auf gehüpft, gestolpert und wild um seine Füße gerannt, bevor er zur Tür hinaus ist. Wir beide sofort hinterher. Gerade als wir auf die letzte Stufe steigen, kommt Rufus schon wieder um die Ecke geeilt mit einem blauen Ball im Maul. Mit Hilfe seiner Kulleraugen bettelt er uns an, mit ihm zu spielen. Micah will den Ball nehmen, Rufus hingegen möchte dies vermeiden. Nach wenigen Sekunden hat Micah es geschafft, den Ball in die Hände zu bekommen, nur um ihn daraufhin sofort wieder wegzuwerfen. Der Golden Retriever eilt ihm sofort hinterher, wobei er in die Füße von Mrs Hanson knallt.

Es ist Montag. Mit heute werde ich nur noch drei Tage hier in Buffalo bleiben. Irgendwie vermisse ich es, mich in meiner Wohnung zurückzuziehen, und doch möchte ich nie von hier weg. Jeden Tag will ich mit diesem unbeschreiblichen Kribbeln, welches meinen ganzen Körper einnimmt, aufwachen. Ich möchte hier mit Micah und seiner Mum auf Rufus aufpassen. Und über sein Stolpern, welches unendlich niedlich ist, lachen. Das alles ist so perfekt. Jedoch sind da immer noch gewisse Zweifel und ein Drang, wieder in meine Wohnung zurückzuwollen. Aber mit Micah. Immer mit Micah. Wann immer ich an die Zukunft denke, ist er da. Trotz des zunehmenden Gefühls, dass er mich eines Tages verlassen wird. Dass das nicht ewig anhält. Ich versuche mich allerdings auf die Gegenwart zu konzentrieren. Auf das duftende Frühstück, welches ich jeden Morgen bekomme und das in dieser Familie wohl eine größere Bedeutung haben muss. Zumindest wenn man all diese Köstlichkeiten von Micah und seiner Mutter zu Gesicht bekommt.

»Rufus ist heute schon zu uns gekommen, um sich einzugewöhnen«, erklärt Mrs Hanson, während sie den Kopf des kleinen Welpen streichelt, welcher augenblicklich den Ball ausspuckt. »Mark und Ava werden morgen nochmal vorbeischauen, bevor sie fahren.«

»Ist okay. Ich hätte Ophelia heute den Laden von Wilson gezeigt«, teilt Micah seiner Mum mit. »Also nur wenn du willst«, bittet er um mein Einverständnis, welches ich ihm mit einem Nicken gebe. Zu gerne sehe ich noch mehr von seinem Heimatort. Buffalo ist nach meinem bisherigen Eindruck wirklich wunderschön.

Nach dem Frühstück gehen wir schon los. Man erkennt bei uns beiden nichts weiter als Augen und Nase. Der Rest ist versteckt hinter Handschuhen, Haube, Schal und Jacke. In der kalten Winterluft liegt ein Hauch von Einheizen und aus manchen Häusern kommt ein Duft von frisch gebackenem Lebkuchen. Sofort macht mich der köstliche Geruch hungrig. Trotz meines vollen Magens. Eine Stunde dauert es bis zu dem warmen Laden, von dem er seiner Mutter erzählt hatte. Wilson, so hatte er ihn vorhin glaub ich genannt, begrüßt uns freundlich. Schon beim Eintreten bin ich begeistert von den Fotografien, mit welchen er den Laden dekoriert hat. Fotografien machen Momente zu Erinnerungen, die nie mehr in Vergessenheit geraten können. Deshalb habe ich ursprünglich meinen Kurs gewählt.

Auch die alten Schallplatten begeistern mich. Ich wusste gar nicht, dass diese noch verkauft werden.

Generell liegt in diesem Gemäuer überall ein unglaublich heimeliges Gefühl. Und in diesem auch der sanfte Duft von Schokolade.

»Hey, Micah! Wen hast du denn mitgebracht?«, fragt Wilson, als wir den Laden betreten. Er sitzt auf einer roten Couch und betrachtet ein paar alte Musikalben.

»Ophelia ist … eine Freundin aus Oklahoma. Sie ist für vier Tage zu Besuch hierhergekommen. Ich wollte ihr deine Bilder zeigen.« Wilson legt die Platten zur Seite.

»Du interessierst dich für Fotografie? Micah, das ist ein guter Fang«, lächelt er in seine Richtung. »Machst du irgendeine Ausbildung?«

»Wenn man das so nennen kann.«, agiere ich eher spontan, was Wilson Gott sei Dank ein kurzes Grinsen entlockt. »Meine Dozenten sind mehr Physiker als Fotografen und meine Stunden bestehen nur aus Lesungen ohne Praxis. Also Theorie«, erkläre ich. Vermutlich ist mein Gesicht von Wort zu Wort roter geworden. Ohne benötigten Grund, wie sich herausstellt. Anscheinend ist mein Humor und Sarkasmus doch nicht so schlecht, wie ich vermutet habe. »So etwas kenne ich. Deswegen hängen meine Bilder hier. Wenigstens habe ich eine richtige Ausbildung. Mit YouTube-Videos«, erzählt er amüsiert.

Ich betrachte nochmals die Bilder. Er hat echt das richtige Auge für seine Umgebung. Auf jedem Bild wirft die Sonne das perfekte Licht.

Danach widme ich mich den Musikplatten. Micah hat sich in der Zeit in ein Gespräch mit Wilson verwickelt.

Die ältesten Alben häufen sich hier. Dennoch entscheide ich mich für eines der Backstreet Boys und gehe danach wieder zurück zu den beiden.

»Hey, Wilson. Kann ich diese Platte kaufen?« Anscheinend habe ich ihr Gespräch unterbrochen. Sofort war mir meine plötzliche Offenheit unangenehm. Ich drehe mich aus Reflex wieder um und gehe, bis eine Hand an meiner Schulter mich dran hindert.

»Nein. Also ja. Gern. Guter Geschmack.« Ich händige ihm mein letztes Geld aus, welches ich gestern in meiner Hosentasche gefunden habe. »Wenn du willst, kann ich dir ein paar Tricks fürs Fotografieren zeigen«, bietet er mir ganz nebenbei an. Als wäre es nichts Besonderes, einer Wildfremden einen Crashkurs im Fotografieren zu geben. Erst als ich seine Worte in meinem Gehirn durchgehe, schreie ich beinahe vor Freude. Anfangs kommen die Worte nicht einmal aus meinem Mund. Ich stehe einfach vor ihm mit einem breiten Lächeln und leicht geöffneten Mund. Meine Hände hängen nicht mehr entspannt neben meinen Beinen hinunter, sondern befinden sich leicht angehoben in der Höhe. »Ja, gern. Absolut. Danke.« Es wäre vermutlich besser gewesen, hätte ich mich auf ein Wort beschränkt, doch ich kann mich vor lauter Freude nicht entscheiden. So aufgeregt bin ich zuletzt … schon lange nicht mehr gewesen.

»Kann ich euch allein lassen? Ansonsten könnte ich Mum mit Rufus helfen«, bietet Micah um Erlaubnis zu gehen. Und obwohl die Frage an uns beide gerichtet ist, sieht er nur mich an. »Es ist okay, wenn du gehst.« Keine Ahnung, ob es wirklich okay ist, aber in dem Moment bin ich mit zu viel Adrenalin vollgepumpt, um gründlich nachzudenken. Er mustert mich noch einmal genauer, bis er mich mit Wilson alleine lässt. Und ich denke, es ist okay. Zumindest habe ich in den ganzen Stunden nichts gemerkt, was mich vom Gegenteil überzeugt. Ich habe noch mehr von Buffalo gesehen, als Micah mir gezeigt hat. Unglaubliche Orte, die beim ersten Mal hinsehen nur schäbig wirken und auf den Fotos, die wir gemacht haben, wie ein anderes, mystisches Universum aussehen. Ich dachte nicht, das jemals zu sagen, aber ich freue mich auf das Treffen mit Wilson am Abend. Er hat mich auf ein Getränk in einem Lokal eingeladen. Vielleicht erfahre ich dann noch mehr von ihm und seiner Fotografie und vor allem über diese Stadt und ihre ganzen Orte und vielleicht, wenn es sich ergeben sollte, auch etwas über seine Beziehung zu Micahs Vater. Anscheinend ist er verstorben. Mich juckt es in den Fingern zu erfahren was passiert ist. Obwohl mir die Rolle der Neugierigen ehrlicherweise nicht steht. Ich möchte nur ein wenig eine Ahnung haben, wie ich dieses Thema in seiner Gegenwart behandeln sollte. Ob er es verarbeitet hat oder nicht. Denn wenn nicht, könnte ich mich vielleicht revanchieren und ihm einmal helfen. Das wäre eine schöne Abwechslung, die möglicherweise uns beiden gut tut.

Wilson bestellt soeben zwei Drinks für uns. Ich versuche den Alkohol höflichst abzulehnen, traue mich allerdings nicht, da ich nicht allzu verklemmt wirken möchte. Ein Drink macht nicht viel aus. Hoffe ich zumindest. Denn dasselbe habe ich auch bei meinem letzten Kontakt mit Alkohol gedacht. Ein Schluck wird zur ganzen Flasche. Diesmal werde ich mir allerdings mehr Zeit lassen, um die einzelnen Aromen der Margarita zu schmecken.

»Irgendwie seltsam, mal auf der anderen Seite der Bar zu sitzen«, spreche ich meinen Gedanken laut aus.

»Arbeitest du als Kellnerin?«, fragt er interessiert. »Ja, täglich in einem Café und einmal in der Woche in dessen Keller.« Ich wünschte, es gäbe Interessanteres in meinem Leben außer Arbeit und College.

»Hast du durch das Café Micah kennengelernt? Vermutlich hat er sich in diesem Keller volllaufen lassen wie sein Vater.« Das klingt allerdings nicht nach Micah. »Wie bitte?«, verschlucke ich mich beinahe. »Na ja, du weißt schon. Sein Durchdrehen, nachdem sein Vater gestorben ist. Und jetzt haut er wieder ab. Nach Oxford.« Bitte was?! Er geht nach Oxford?!Diesmal habe ich mich wirklich verschluckt.

»Kann ich eine Erklärung haben? Bitte?«

»Du weißt nichts davon? Oh, ich denke, dann sollte Micah dir das erzählen«, merkt er mit deutlichem Unbehagen an. Doch genau das wird Micah wohl *jetzt* tun müssen. Geleitet von Wut wandere ich durch die Straßen von Buffalo bis zum Haus der Hansons. Vor der Haustür habe ich einen kleinen Funken von Vernunft zurück. Ich erkenne die unsinnige Wut und die seltsame Flucht von dem Restaurant. Das war es mit meinem Plan, nicht verklemmt oder seltsam zu wirken. Vermutlich erinnert er sich von nun an an mich als die krankhaft eifersüchtige Freundin. Noch ein Grund, um auf der Stelle nach Hause zu gehen. Ich öffne die Tür und werde überrascht von Micah, seiner Mum und den Besitzern von Rufus. Allesamt sehen mich überrascht und auch glücklich an.

»Können wir kurz reden, Micah?« Er nickt besorgt und geht hinauf in sein Zimmer. Ich folge ihm ohne Aufforderung.

»Was ist passiert?«, platzt es aus ihm hinaus. Mein Mund öffnet und schließt sich wieder. Kein Wort steht mehr in meinem Gehirn. »Wilson hat mir von deinem Dad erzählt. Dass er Säufer war, du durchgedreht bist und ...«, rattere ich runter, ohne auch nur ein Wort verständlich ausgesprochen zu haben.

»Du gehst nach Oxford?«, frage ich den Tränen nahe. Ich kann es nicht wahrhaben. Selbst wenn er das, was Wilson vorhin gesagt hat, bestätigen sollte, ich würde es nicht glauben. Weil ich es nicht glauben will. Das war der Moment, in dem die Stille zu laut wurde, und ich denke, das war Antwort genug. Dennoch mache ich keine Anstalten mich umzudrehen. Ich will die Antwort aus seinem Mund hören. Ich will, dass er sich rechtfertigt und mir erklärt, dass das alles nur ein Missverständnis ist. Allerdings schaffe ich es mental nicht länger, dieser Stille zu lauschen. Es würde keine Antwort geben.

»Ich möchte nach Hause«, sage ich »Zurück in meine Wohnung.«

Das war der Moment, als die Besitzer von Rufus uns gelauscht hatten. Womöglich wollten sie sich nur verabschieden. »Oh, wenn du willst, können wir dich mitnehmen nach Oklahoma.« Überfordert huscht mein Blick zwischen all den Augenpaaren, welche mich abwartend ansehen, umher.

»J-Ja gern«, stottere ich. Meine Antwort entsteht durch die Angst, dieses reizende Angebot abzulehnen, aber auch weil mir soeben bewusst wurde, dass ich nicht einmal Geld für ein Zugticket habe.

»Ich würde gerne mitfahren, wenn das in Ordnung ist«, spricht Micah wieder mit starker Stimme. *Sieh mal einer an, wer da wieder sprechen kann.* Dann freue ich mich schon auf die 21-stündige Fahrt neben der Person, die ich jetzt am allerwenigsten sehen möchte.

# *Kapitel 19*

## Micah

Ich halte meine Augen geschlossen. Alles um mich herum versinkt in einem tiefen Schwarzton. Ich habe die Hoffnung, das alles würde sich als Traum herausstellen, würde ich nur fest daran glauben. Und doch lebe ich immer noch in der Welt, in welcher Ophelia mich seit mehreren Wochen ignoriert. In der ich zu feige bin, zu ihr zu gehen und zu erklären, dass ich noch nicht weiß, ob ich gehen soll. Doch wenn das heißt, Ophelia zu verlieren, dann werde ich bleiben. Solange sie mich hier braucht, bleibe ich bei ihr. Selbst ich weiß nicht, weshalb ich das Wichtige hinauszögere, wenngleich es doch so einfach sein könnte. Mit diesem Gedanken leitet es mich wohl endlich zu Ophelia ins Café. Der Mut verlässt mich allerdings beim ersten Blick in ihr Gesicht. Ich selbst werde nicht bemerkt, was mich zu der feigen Entscheidung bringt, sie wie ein Verzweifelter durch die Glasscheibe zu beobachten. Versteckt hinter einigen Pflanzen. Mit den Händen lässig in den Jackentaschen beobachte ich ihre Gesichtszüge. Das freundliche Lächeln, mit welchen sie jeden Kunden begrüßt, und der konzentrierte Blick wenn sie den Wunsch des Kunden zubereitet. Doch da ist stets etwas in ihrem Gesichtsausdruck, was ich noch nicht kenne. Ich inspiziere jede ihrer Bewegungen und Ausdrücke, wobei es vorkommt, dass ich mit meinen Gedanken abschweife. Vielleicht sogar zu weit weg. Ich habe nicht gemerkt, dass sie das Geschäft verlassen hat und mich jeden Moment entdecken könnte, wenn sie das nicht schon hat.

Nicht weggehen. Einfach mit ihr reden.

Noch bevor sie etwas sagen kann, spreche ich hektisch die ersten drei Wörter aus, die mir einfallen.

»Es tut mir leid.« Sie sieht mich verwirrt an. »Ich wollte nie gehen.«

»Aber du wirst?« Sie spricht diese Frage so aus als wäre es eine Feststellung. Es ist eine Feststellung. Ich. Werde. Gehen. »So oder so, du bist weg. Also macht es keinen Unterschied.«

»Ich werde nicht gehen, solange du es nicht willst.« Ein nicht ernst gemeintes Lachen kam aus ihrem Mund. Es klang verzweifelt.

»Wie lange hast du an diesem Spruch gesessen?« Stille. »Mich wundert es, dass du nach keine Ahnung wie vielen Wochen überhaupt noch den Mut aufgebracht hast, mit mir zu reden.« Es liegt so viel Schmerz in ihrer Stimme. Wut, Verzweiflung und ein deutliches Zeichen, dass sie ihre Worte einzig und allein wegen Stolz ausspricht. Aus Würde gegenüber sich selbst. Aus Schutz, um sich nicht verletzen zu lassen. Genau wie ich, wenn ich Probleme von Angesicht zu Angesicht gegenübertreten muss, kneife und bis auf ein einziges Mal immer davonrenne.

»Bitte warte nicht auf das Irgendwann, wenn ich gehe, sondern –«. Sie unterbricht mich mit einem einzigen Blick.

»Selbst wenn ich das bereuen sollte, ich will dieses Irgendwann hinauszögern, genauso sehr wie du.«

Ein ehrliches Lächeln zeichnet sich zum ersten Mal wieder auf ihren Lippen, während sie mich den Tränen nahe in die Arme nimmt. Wir können uns nicht loslassen!

***

Nach dieser schneller als gedachten Art von Versöhnung, ist die Funkstille zurückgekehrt. So lange, bis ich eine erlösende Nachricht von ihr zugesendet bekomme.

**Ophelia:** Hey, kannst du mir einen Gefallen tun?
**Micah:** Der da wäre?
**Ophelia:** Ich möchte feiern gehen. Spaß haben. Ich möchte wissen, was die Leute daran finden.

Ich weiß, dass ich keine Kraft habe, um in den Keller des Cafés zu gehen. Ich weiß auch, dass sie diese Kraft genauso wenig hat. Und doch ist da etwas in mir, das will, dass ich mit ihr feiern gehe. Um unsere Verbindung wiederherzustellen.

**Micah:** Um 23:00 Uhr vor dem Café?
**Ophelia:** Okay!
**Micah:** Okay!

\*\*\*

Nach der letzten Nachricht, verschwende ich die folgenden Stunden mit dem Führen von Monologen. Jedes Wort, welches ich in meinen Gedanken aufschreibe, wird durchgestrichen und zusammengeknüllt. Ich will vor diesem Abend alle Missverständnisse geklärt haben. Sichergehen, dass sie nicht sauer ist und mir vertraut. Nur fehlen mir die richtigen Worte. Ich weiß, was ich will, habe aber keine Ahnung wie ich es ausdrücken soll. Mein Gehirn ist wie leergefegt. Mit Tausenden von Plänen versuche ich Peinlichkeit und Problemen aus dem Weg zu gehen. Doch diese Pläne dienen einzig und allein zur Sicherheit, um nicht zu kneifen. Im Endeffekt stellt sich immer heraus, dass Spontanität die bessere Entscheidung gewesen wäre. Möglicherweise sollte ich über meinen Schatten springen und planlos einfach sagen, was ich will. Nicht nachdenken. Vielleicht ist das die Lösung.

Ich versuche mir zu sagen, dass wenn mir das, was ich sage oder zu sagen versuche, misslingt, sie nicht die Richtige für mich ist. Aber das fühlt sich falsch an. Sie ist das, wofür ich zu kämpfen habe. Wofür es sich zu kämpfen lohnt. Als wäre sie meine Motivation, mein Ansporn und mein Sinn fürs Leben. Die Hilfe, die ich brauche, um über die Fehler, die ich seit dem Tod meines Vaters gemacht habe, hinwegzukommen. Nicht mehr wegzulaufen, sondern zu kämpfen für das, was ich will. Und ich will sie.

Sie sehen.

Sie spüren.

Sie glücklich machen.

Sie für immer beschützen.

Sie nie mehr loslassen.

Ihr ihre Freiheit geben und wissen, dass sie da ist. Das ist das, was ich fühle. Und noch viel mehr unbeschreibliches Chaos, das ich nicht entziffern kann. Geschweige denn, es ihr direkt zu sagen. Aus Angst, sie würde es nicht mögen.

Ich hasse dieses Gefühl, keinen Plan zu haben.

Ich hasse es, nicht die richtige Antwort zu finden.

Ich hasse diesen Schmerz in mir.

Ich hasse diese dauerhafte Angst.

Ich hasse den Zweifel.

Ich hasse das Chaos und das Unausgesprochene zwischen uns.

Und dieser Hass auf all diese Dinge lässt mich dennoch sagen, dass ich sie liebe.

Ich liebe die Art, wie sie sich ausdrückt.

Ich liebe all ihre nervösen Ticks.

Ich liebe es, wenn sie versucht sich durchzusetzen.

Ich liebe es zu sehen, wenn sie nachdenkt und ihre Emotionen ausdrückt.

Ich liebe, dass sie versucht alles richtig zu machen, obwohl sie das nicht muss.

Ich liebe es, dass sie bei jedem Fehler, der sie aufregt, flucht.

Ich liebe diese lustige Angewohnheit, wie sie Dinge benennt.

Ich liebe es, wie sie mich zu einem besseren Menschen macht, ohne es mitzubekommen.

Dennoch denkt sie, ich werde sie verlassen. Wir Menschen werden von unserer Angst geleitet. Das ist völlig normal. Aber ich möchte nicht, dass Ophelia vor irgendetwas, das mit mir zu tun hat, Angst hat.

Jede Zeile, die ich mir überlegt hatte, wird mit einem Blick in ihr Gesicht gelöscht. Mein Gehirn wird auf null zurückgesetzt.

»D-Du siehst umwerfend aus«, stottere ich unbeholfen.

»Du auch.« Es ist eine dauerhafte Anspannung während dieses Gesprächs. All das Unausgesprochene hat sich aufgestaut und uns immer mehr voneinander entfernt. Es kann gut sein, dass das die letzte Chance ist, die Verbindung wiederherzustellen. Alles, was ich dafür tun muss, ist reden.

»Ich wurde in Oxford angenommen. Das heißt aber noch lange nicht, dass ich nach England gehe«, spreche ich ohne Kontext hinaus.

»Ich glaube dir.« Sie lächelt schwach.

»Eigentlich wollte ich heute von meinen Sorgen ablenken ... aber ich bin froh, dass du dableibst.« Einen Moment lang lächeln wir uns beide nur glücklich an, bis Ophelia wieder das Wort ergreift.

»Jetzt will ich wissen, wie sich Komasaufen anfühlt.« Sie packt mich am Arm und zieht mich die Stiegen hinunter. So euphorisch kenne ich sie gar nicht. Dennoch ist es schön, sie derartig ... sorgenlos zu sehen. Ich habe nie erwartet, dass dieses Mädchen freiwillig diesen Keller betreten würde. Nicht, nachdem sie zwischen diesen vier Wänden ohnmächtig geworden ist. Dennoch springt sie wild im Takt zu der Musik auf der Tanzfläche auf und ab, während ich sie vom Seitenrand beobachte. Sie hat sich ihrer Umgebung definitiv angepasst und dennoch sticht sie aus der Menge heraus. Alles ist perfekt, bis sie mich an der Hand zu sich zieht mit der indirekten Aufforderung, mit ihr zu tanzen. Anfangs zapple ich unbeholfen herum, beschließe danach allerdings, dass es besser wäre, einfach reglos vor ihr zu stehen. Man sieht ihr an, dass sie nicht mehr nüchtern ist. Nur will ich nicht ihren Spaß ruinieren. Genauso wenig will ich allerdings, dass der heutige Tag so endet wie der vorherige, als Alkohol im Spiel war.

»Komm, wir gehen. Es ist spät.«

Ihr Alkoholkonsum beschränkt sich auf eine Margarita. Dennoch ist sie bereits ein wenig benebelt. Sie nickt schwach auf meine Anweisung.

»Begleitest du mich morgen mit Amelia und Derek zu einem Adventsmarkt?«, fragt sie deutlich ermüdet.

»Sehr gerne.«

So baut sich unsere Verbindung wieder auf.

Wir stehen im Zentrum des Adventsmarktes, umgeben von grünen Boxen, welche die einzelnen Stände darstellen. Wir vier haben alle eine Tasse in unseren Händen, die ein wenig Wärme spenden soll. Hin und wieder schlürfe ich an dem heißen Punsch. Das Gemisch verbreitet einen süßlichen Geschmack in meinem Mund so wie ein wohliges Gefühl in meinem Bauch. Der eisige Wind verbreitet den Duft der selbstgemachten Kekse überall. Die Melodie der fern klingenden Weihnachtsmusik ist im Hintergrund aller Stimmen zu hören. Es ist wunderschön, wären da nicht die kalten Windböen. Zum Glück schmiegt sich der warme Dampf meines Getränks wie eine angenehme Wolkendecke an mein Gesicht. Doch beim nächsten Schluck stelle ich fest, dass der Punsch nur noch lauwarm ist. Die Musik hat aufgehört zu spielen und alle Leute sind verstummt. Die Stille begrüßt die ersten Schneeflocken in diesem Jahr. Einfach perfekt.

Derek und Amelia sind zu einen der Stände gegangen, um für uns Kekse zu holen. Ophelia lehnt mit ihrer Tasse an einem der kleinen Stehtischen in dem Pavillon direkt neben mir. Ihr Gesicht verschwindet hinter Haube und Schal. Alles, was man sieht, sind ihre roten, müden Augen von gestern.

»Wenn ich das nächste Mal etwas Neues ausprobieren möchte, bitte halte mich davon ab.«

Ich kann nicht anders. Ich muss lachen. Anfangs bekomme ich dafür nur einen tödlichen Blick, bringe sie aber schon nach kurzer Zeit zu einem kopfschüttelnden Lächeln.

»Nach so viel Reue hat es gestern nicht ausgesehen«, lächle ich.

»Es ist leicht dumm zu werden, wenn man Alkohol intus hat ... Ich habe das gestern nicht genossen. Ich hab mich irgendwie gezwungen, das zu machen.«

Bei der Erinnerung an ihr gestriges Lachen scheint das so unglaubwürdig. Würde ich sie nicht kennen, wäre die vorgetäuschte Glücklichkeit von gestern die Wahrheit für mich. Aber ich kenne sie. Irgendeiner ihrer Selbstzweifel war mal wieder über sie gekommen. Das sollte nicht passieren. Ich sollte wieder bei ihr sein, damit so etwas nicht passiert. Deshalb kann ich nicht gehen. Nicht solange sie sich nicht akzeptiert hat.

Alle Momente mit ihr sind so schnell vergangen. Drei Monate kenne ich sie jetzt persönlich. Und es fühlt sich an wie ein ganzes Leben. Mit Schmerz und Freude. Höhen und Tiefen. Und dennoch sind wir immer noch nicht weiter als am Anfang. Mir ist es nie aufgefallen. Doch jetzt, wo ein Ende in Sicht ist, scheint die Zeit so viel wertvoller gewesen zu sein. Die Zeit mit ihr ist begrenzt und ich habe sie als selbstverständlich angesehen. Erst drei Monate später, vor ihrer Haustür, trifft mich dieser Schicksalsschlag. Warum habe ich nur nie etwas gemacht? Es ist so unlogisch.

Meine Hand streicht ihr die einzelne Haarsträhne aus dem Gesicht, welche immer über ihrer Wange liegt. Meine Finger streichen zärtlich von ihrer Schläfe zu ihrem Kinn und verweilen an ihrer Wange, wie eingefroren. Während meine Augen in ihre sehen und sich fragen, warum das nicht eher passiert war. Ihr Atem stockt ebenso wie meiner. Das ist der richtige Moment. Der richtige, perfekte Moment, auf den ich gehofft habe. Wenn alles so wirkt wie in allen klischeehaften Romanzen. Wenn die Zeit stehen bleibt. Wenn ich nur sie sehe und nichts anderes. Nur den tiefen, unendlichen Ozean. Und irgendwann spüre ich nur noch sie. Ihre Lippen auf meinen. Ihre Hände um meinen Schultern und meine Hände, die sie immer näher an mich ziehen. Genau wie es sein sollte. Normal. Perfekt. Eine klischeehafte, kitschige Romanze. Nur für einen Augenblick, der wie eine Ewigkeit wirkt.

Sie.

Ich.

*Wir.*

Zusammen. Ohne Selbstzweifel. Nur die Erkenntnis, dass wir uns haben. Und ich brauche dafür nur in ihre Augen zu sehen. »Willst du ... morgen was machen?«

»Filmabend bei mir?«

»Okay.«

»Okay.«

Und wieder liegen unsere Lippen aufeinander. Diesmal kürzer. Aber nicht weniger perfekt.

# Kapitel 20

## Micah

Dies sollte unser erstes Date sein. Das erste offizielle. Und ich habe keine Erwartungen, bis auf dass es so sein soll wie immer. Dass wir uns den erstbesten Film ansehen und nebenbei essen. Dass wir uns über sinnlose Handlungen aufregen und bei den lustigen Stellen gemeinsam lachen. Dass wir einen weiteren Film ansehen, bis sie in meinen Händen einschläft. Mehr braucht es nicht für ein perfektes erstes Date. Während Bilder der Erinnerung jeder unserer Fernsehabende wie ein Kurzfilm an mir vorbeirauschen, öffnet Ophelia die Tür. Im schwarzen Pulli und karierter Pyjamahose. Ich in weißem Pulli und schwarzer Jogginghose.

»Du siehst adrett aus«, scherze ich.

»Noch lange nicht so elegant wie du«, steigt sie mit ein.

Der Film ist bereit zu starten, Polster und Decken liegen auf der Couch und Popcorn steht auf dem Tisch. Exakt wie ich will: So wie immer. Wir auf ihrem Bettsofa, schauen „Kevin allein zu Haus" und lachen bis in die dunkelste Nacht. Bis ihr Kopf sich fallen lässt. Bis sie ihre Kontrolle abgibt. Bis ihr Vertrauen in meinen Händen liegt und sie einschläft. Nur ich kann nicht schlafen. Ich dachte, es wäre der perfekte Abend. Es ist alles so wie immer und ich dachte, es wäre perfekt so. Aber es fehlt etwas. Etwas, dass nie da war, aber da sein sollte. Und ich dahaben will, aber es nie über meine Lippen kommt. Es sollte aber heute geschehen. So wollte es sein. Und so geschieht es, als Ophelia mitten in der Nacht wach wird.

»Hey, alles in Ordnung?« Ophelia wirkt orientierungslos, gehetzt.

»J-Ja. Nur ein schlechter Traum.« Sie fährt sich verschlafen übers Gesicht. »Und weshalb bist du wach?« Mittlerweile klingt sie ruhiger als noch wie vor einer Minute.

»Weil ... wusstest du, dass das heute –« Sie unterbricht mich.

»Ein Date sein sollte? Ich habe gehofft, dass es das war, nach dem, was gestern passiert ist.«

Ihre Augen funkeln mich an und sie presst ihre Lippen fest aufeinander. »Es tut mir leid, dass ich sauer auf dich war.«

»Es ist okay. Es ist menschlich.« Außerdem vollkommen gerechtfertigt.

»Nein. Ich habe so viele dumme Entscheidungen getroffen und immer nur an mich gedacht. Es tut mir wirklich leid. Ich will dich nicht gehen lassen, aber ich werde müssen. Und ich werde diese Entscheidung immer bereuen. Das ist, was mir leid tut.«

»Du entschuldigst dich echt oft«, grinse ich. »Wir haben beide Fehler gemacht«, sage ich nun bestimmter in einem seriösen Ton, während ich meinen Daumen unter ihr Kinn lege, damit sie mir in die Augen sieht.

»Ich habe geträumt, dass du weg warst.«

»Es kann immer sein, dass du aufwachst und dir etwas fehlt. Aber ich bleibe hier, solange ich kann.« Sie wirkt nicht überzeugt von meiner Antwort. Sie weiß nun, dass ich gehen werde. Sie hat mir gerade eben die Freigabe dazu gegeben zu gehen. Sie weiß jedoch nicht, dass es früher sein wird als geplant. Das wissen wir in diesem Augenblick beide nicht. Ich bekomme erst morgens eine E-Mail von Oxford, dass ich in dieser Nacht abreisen müsste. Unsere Verbindung würde in weniger als 24 Stunden nicht mehr existieren. Denn ich wäre weg. Auf einem anderen Kontinent.

***

Ich war da, als sie aufgewacht ist. Ich werde weg sein, wenn sie heute Abend wieder einschläft. Doch ich hoffe, sie wird da sein, wenn ich gehe. Ein letztes Mal hoffen, dass unsere Verbindung erhalten bleibt. Selbst wenn wir von einem Ozean getrennt werden. Ich wollte, ich hätte sie gestern länger in meinen Armen gehalten. Hätte den Moment noch länger genossen. Allerdings ist es jetzt zu spät dafür. Als sie heute Morgen wach wurde, habe ich ihr von der Nachricht erzählt. Sie war traurig, aber sie war nicht zerstört. Ich hätte es ihr nicht einmal übel genommen, wenn sie sauer auf mich wäre. Ein letztes Frühstück habe ich ihr zumindest noch kochen können, bevor ich gegangen bin. Ich weiß nicht, ob ein offizieller „gemeinsamer letzter Tag" zu schmerzhaft war, aber gesehen hatten wir uns nicht mehr. Nicht, solange die Sonne schien. Ophelia weiß, wann mein Flieger startet und von wo aus. Wenn sie kommen möchte, wird sie kommen. Wenn nicht, dann heißt das, dass ich nicht auf die Erhaltung unserer Verbindung hoffen kann. Ich werde nie bereit sein zu gehen. Aber ich werde gehen, weil ich weiß, dass Ophelia bereit ist, ohne mich zu sein. Ihre Stärke heute Morgen, als ich es ihr gesagt hatte, war Beweis genug. Das Schicksal wird sich fügen.

Eine Busverbindung ermöglicht mir zum Flughafen zu kommen. Schon traurig, dass mein ganzes Leben in einen Rucksack reinpasst. Wobei die wichtigste Sache zurückbleibt. Zurückbleiben muss.

Selbst der Abschied von Derek war schmerzhaft. Jetzt muss ich einem neuen Zimmergenossen beibringen, mich nicht anzusprechen. Man sieht ja, wie gut ich das bei Derek gemacht habe. Doch selbst ihn werde ich vermissen. Diese gesamte verkorkste Stadt wird mir fehlen. Durch die Winterjacke hindurch friere ich beim Aussteigen aus dem Bus. Alles ist fürchterlich kalt. Ich will nichts lieber als umkehren. Zurück zu der Wärme, von welcher Ophelia immer spricht. Doch meine Chancen für die Zukunft werden mit Oxford erfüllt. Ich werde zurückkommen, wenn meine Zukunft das will. Alles wird kommen, wie es kommen soll. Ab diesem Punkt bin ich machtlos über alles, was geschehen soll. Ich kann nur hier draußen stehen und meine Abreise hinauszögern. Wenn sie nicht kommt, ... *Nein.* Sie wird kommen. Und das wird dann das Ende sein. Das Ende und zugleich der Anfang von etwas. Wir beide haben noch unsere Ängste und Probleme. Auch wenn ich wieder gehen muss und sie mit all dem allein lasse. Am Ende haben wir gelernt mit unseren Problemen umzugehen und sie nur als Hürden zu betrachten. Gelernt glücklich zu sein.

*Für immer.*

# Kapitel 21

## Ophelia

Die Zeit hält an und rennt mir zugleich davon. Die Zeit vergeht viel zu schnell und ich versuche in letzter Sekunde alles nachzuholen und ihr verzweifelt nachzurennen. Micah ist dafür bestimmt zu gehen. Das habe ich nun eingesehen. Aber ich bin nicht dazu bestimmt, ein zweites Mal zu leiden. Ich werde nur mit einem Abschied mein Leben wieder aufbauen können. Aber ich muss es ihm persönlich sagen. Ich zapple im Bus unruhig. Ich möchte aussteigen und selbst rennen. Dann hätte ich das Gefühl, etwas zu tun. Aber so sitze ich nur da und renne lediglich in meinen Gedanken schneller als der Bus. Ich habe noch zehn Minuten. Falls er gewartet hat, wird er sich spätestens jetzt Richtung Flugzeug bewegen.

»Komm schon! Fahr schneller!«, murmle ich unverständlich in meinen Schal. Mein Fuß zappelt unruhig auf und ab und meine Hände zittern. *Ich. Muss. Ihn. Sehen.* Anders geht es einfach nicht. Beim ersten Schild, welches die Richtung zum Flughafen anzeigt, stehe ich auf, um direkt vor der Tür zu warten. Noch sechs Minuten. Der Bus wird langsamer. Die Türen gehen auf und ich renne dem Licht entgegen. Zu den hellen Schiebetüren. Erst in dem Gebäude erkenne ich, dass es sinnlos ist, ihn zu suchen. Es war zu groß. Es ist vorbei. Er ist weg. Für immer. Ich muss ohne ihn lernen Abschied zu nehmen. Da ist keine Chance, unsere Verbindung aufrechtzuerhalten. Außer ...

»Hey, ich bin im Flughafen. Wo bist du?«, tippe ich wild in unseren Chat. Und er antwortet.

»Dreh dich um.«

Ich tue wie mir befohlen.

Ich dachte wirklich, er wäre weg. Doch Micah steht draußen vor der Tür im Dunkeln. Sein Gesicht beleuchtet von seinem Handy-Bildschirm. Ich habe Tränen in den Augen. Meine

Hände schlingen sich um seinen Hals. Adrenalin pumpt durch meinen Körper. Ich küsse ihn. Und er mich.

»Jetzt hast du deine eigene kitschige Romanze«, lacht er. »Ja, das hab ich wohl.« Und ich küsse ihn erneut.

»Ich liebe dich, Ophelia«, haucht er. Bei seinen Worten kommt mit einem Schlag so viel Wärme. Das ist das Feuer, welches entfacht werden musste. Das ist die nötige Wärme, die ich brauche.

»Ich liebe dich auch.«

Das ist alles, was ich je gebraucht habe. Das ist das endgültige Ende. Er gleitet aus meinen Händen, als würde er zu Staub zerfallen. Als würde er in kleine Scherben zerbrechen und mein Herz mit. Dennoch teilen wir denselben Himmel. Wann immer ich in den Himmel sehe, ich weiß, er tut es auch.

»Ich habe dich gesucht, als ich im Regen stand.« Das sind seine letzten Worte. Und die Worte, die immer meine Erinnerung von ihm sein werden. Ich weiß, ich bin nun bereit mein Leben aufzubauen, mit all dem, was er mir in nur drei Monaten beigebracht hat. Dass das Leben wertvoll ist. Dass mein Leben wertvoll ist. Er hat mich gelehrt, die Welt mit anderen Augen zu sehen.

Er hat mir beigebracht, dass wir anfangen sollten unsere Träume zu leben, anstatt unser Leben zu träumen. Denn im Endeffekt ist es egal, wer oder was wir sind. Ob real oder erfunden. Wichtig ist gelebt zu haben. Und Micah gab mir das Gefühl, mein Leben zu leben, anstatt in meiner Endlosschleife Kreise zwischen real und surreal zu fahren.


ENDE

# Danksagung

... 21 Kapitel. Nur so lange hat es gebraucht, um ein kaputtes Leben aufzubauen, niederzureißen und erneut zu errichten ...
Ohne eine große Anzahl von Leuten wäre es mir nie möglich gewesen, euch Leserinnen und Lesern dieses Leben offenzulegen.

Danke an ...

meine Lehrerin Frau H. Leithner und meinem Lehrer Herr C. Raith, die nie aufgehört haben mich und meinen Traum zu unterstützen.

meine Freundin Kerstin, welche die Erste war, die mich aufgebaut und ermutigt hat. Und die jeden Text von mir gelesen hat, ganz egal wie schrecklich er war. (Danke für dein offenes Ohr.)

meine Freundinnen Lea Z. und Lea H. S. die mich mit kleinen Komplimenten wahnsinnig ermutigt haben weiterzumachen.

meine Taufpatin Bianca, die schon immer gewusst hat, dass ich als Autorin enden werde.
Und an meine gesamte Familie, die dieses Buch von Anfang bis Ende unterstützt hat. Die es mir ermöglicht hat, es überhaupt erst zu schreiben, und es möglich gemacht, hat meinen Traum zu verwirklichen. (Danke für alles! <3)

Und selbstverständlich danke an ...

meine Beraterin Christina Renner, die geduldig meine Fragen beantwortet hat, auf alle Wünsche eingegangen ist und mich freundlich in dieses wunderbare Team aufgenommen hat.

den gesamten novum Verlag, der nicht nur an mein Buch geglaubt, sondern es auch verbessert, gedruckt und mir somit meinen Traum wahr gemacht hat.

Und das größte Danke geht an euch Leser*innen, die den Worten von Ophelia und Micah zugehört haben.

# Die Autorin

Als Angelina Jarc, Jahrgang 2009, den Roman
„Die Welt mit anderen Augen" schrieb, war sie
Schülerin in der Mary Ward Krems. Schon im Alter
von sieben Jahren entdeckte sie ihre Begeisterung
für das Schreiben von Texten. Begonnen hat alles
mit Märchen. Später folgten Fantasy-Bücher. Seit-
her ist es ihr Bestreben, so viele Ideen wie möglich
in eine Geschichte zu verpacken. Inzwischen hat
sie, auch dank der Unterstützung ihrer Lehrerin,
der dieses Buch gewidmet ist, ihren Platz unter
den Bergen all der bereits von ihr verschlungenen
Romane gefunden. Neben dem Lesen und Schreiben zählt auch das Zeichnen zu ihren Lieblings-
aktivitäten.